JN061880

霊仙三蔵
ウータンシャンに死す

Art Days

霊仙三蔵　ウータンシャンに死す　目次

霊仙三蔵　ウータンシャンに死す

蝶柱一

知性の欠片もない野獣的な熱線が弾ける七月の夏。遠慮会釈ない太陽光がぎらついている海岸線。何百万年もの年月に亘って強風と怒涛の打撃に叩きのめされ、磨き上げられ、角が取れてツルツルになった巨岩が累々と積み重なっている。まるで妖怪の坊主頭をさらし首にして照り輝くまで磨き上げたようだ。その焼けるように熱い坊主頭の岩に、ひらっと、パタパタと、あっちの坊主頭や、こっちの坊主頭の岩場に、無数の蝶の群れが止まって、今まで羽ばたいていた翅を、深呼吸にあわせるようにゆっくり上下させながらひと息ついている。その蝶は浅葱斑。(アサギマダラ・学名＝parantica sita)

翅の模様が複雑な美しさを持つ大型の蝶で、海や山を渡り越えて長距離を移動する。普通の蝶のように細かく羽ばたかずにふわふわと浮き沈みするように緩やかに飛ぶ。あまり人を恐れずに、いかにも人懐っこく体を寄せ付けるように飛ぶことから、人々に親しまれて人気が高い。成虫の前翅長は五〜六センチで、翅の内側は白っぽく黒い翅脈が走っている。この白っぽい部分は、厳密にいえば半透明の水色で鱗粉は少なめである。

アサギマダラの浅葱とは青緑色を表す昔言葉で、この部分の色を示している。翅の外側の前翅は黒色で、後翅は褐色。ここには半透明な水色の斑点が並んでいる。

今、この海岸で翅を休めているアサギマダラは、去年の秋ごろから初冬にかけて日本各地から海を越え、この地へ渡ってきた蝶の群れであった。

よく見ると、このアサギマダラが、周辺の岩場に何千となく点々と群がって大きな翅を呼吸に合わせるように動かしている。今にも何かとんでもないことが起きそうな気配が感じられる。

男は、畳三丈ほどに千切れた船板の上に大の字になり昏倒したまま、ここ、坊主頭の岩場が連なる離島の磯に打ち上げられていた。大きな袋と長い竹筒を背中にしっかりと結び付けて背負っている。

照りつける日差しの激しさで意識を回復した男が見た海岸は、今まで見たこともない異様な風景であった。外洋の打ち寄せる荒波で、つるつるに磨き上げられた巨石にもたれて、男はぼんやりしている頭を強く振った。

海岸には椰子が並木のように立ち並んでいる。肌にまとわりつくような湿気が、じっとりと油のような汗を生む。目的地よりだいぶ南方に流されてきたに違いない。

男は揺らぎながら立ち上がって、二、三歩、脚を踏み出したところで、ぐらっと体を震わせると再び意識を失った。

男の名は霊仙（リョウゼン）。

この島は、中国浙江省に接する東シナ海上に浮かぶ一、三三九個の島嶼に所属している。南海岸温州あたりに点在する舟山（シュウザン）群島の中の一つで、長白島という面積十一平方キロという小さな島である。島全体が一つの山を熱帯雨林が囲んで塊となっており、その裾野が海に入る前に、わずかな砂浜の海岸線となって島を一周するように囲んでいる。その平地で暮らしを立てている農民や漁民などの住民は二〇〇人に満たない。

酷暑の日照りを嫌うアサギマダラは、熱気の強い日中には飛翔しない。日が傾きかけ生ぬるい空気が体をくねらせる頃になると、アサギマダラのオスたちは岩陰に植生する「ナビキソウ」「フジバカマ」「ヒヨドリバナ」などの群生植物に集まって、これらを摂取する。この毒性の強い草花にはピロリジジンアルカロイドが含まれるが、アサギマダラのオスは性フェロモン分泌のために「ピロリジジンアルカロイド」の摂取が欠かせないのだ。だから、夕景のアサギマダラのオスが群生して作る蝶柱の舞いにはメスは一頭も参加していない。

今しも、黄ばんだ斜光の磯辺に、アサギマダラのオスたちが何千匹もの集団となって蝶の巨大な柱の外側を上下左右に飛び交い、うねり、天高く跳ね回っている。

釣り荷の少なかった漁場帰りの村人たちが重い足を止め、歓喜の声を上げた。

「あれをみろ！　大絹斑蝶〈アサギマダラ〉の柱だぞ」

「クジラが打ち上げられてるか！」

「大鮫かもしれねえ」

「何でもいいさ、ありがたい、神様からの授かりもんだ」

不漁続きの憂さ晴らしを期待して村人たちはアサギマダラの蝶柱に向かって走った。

アサギマダラの柱が立つときには、その柱の根本にあたる岩場に大物の獲物がのたうち回っているか、虫の息で横たわっているのだった。クジラでなくても、イルカでも、大鮫でもいいのだ。二〇〇人の村人たちが焚き火を囲んで楽しめるというものだ。

村人たちには、どうして大絹斑蝶の蝶柱の下に獲物が打ち上げられているのか知る由もないが、この大絹斑蝶の蝶柱がこれまで一度も彼らの期待を裏切ったことはなかったのだ。

夕陽の斜光を受け、金銀錦に煌めくアサギマダラのオスたちは、海から打ち上げられた瀕死間際の獲物が発する最後のアルカロイドを狂おしく吸収しているにちがいない。

期待に胸を膨らませて駆け付けた村人たちが発見したのは、眠るように身を横たえた世にも美しい若い僧侶のみずみずしい姿であった。

空海が漂着したのが福州赤岸鎮であるから、霊仙の流れ着いた地点とさほどの距離ではないはずである。

この地方の言葉は長安で使われる唐語とは著しく異なっているようであった。

霊仙が、日本において、興福寺の重鎮として遇されていた帰化僧の適蓮（唐招提寺の鑑真の孫弟子）から習い覚えた唐語が、この島ではほとんど、ものの役にたたないのだ。

村人たちは、言葉もままならぬ霊仙を恐れた。僧侶である霊仙そのものが怖いのではなく、密入国者の霊仙を匿うことを恐れたのである。霊仙は遣唐使という国使の一人であることを説明するのだが、その証拠になる書類も印符も持っていないのだから、証明のしようがない。どうやら長安の都へ向かうらしい日本の僧だということがわかると、村の長は巡察の役人がくる来年の春までなら、という条件で村への滞在を許し、小さな空き寺というか、掘立小屋の様な祠を霊仙に与えてくれた。それというのも霊仙の小柄で華麗な体のこなしと、透きとおるような白い肌から匂いたつ妖気、おごそかに秀麗な面相が村人たちを惹きつけたからであった。

霊仙が住みつくことになった名もない寺の裏山を村人たちは仏頂山と呼んでいた。標高六〇〇メートル、島内唯一の山で、深い霊洞があり、そこここにある泉からは清らかな流れが湧きあがり、曲がりくねった小川となって、珍花や奇樹をうるおし古刹を巡って海に注ぐありさまは、霊仙の故郷である霊仙山の湧き水を思い出させた。

また、熊笹が密集する山道には、その自然の湧き水とは異なる池がある。こうした池が霊仙の故郷でもよく見かけられたものだ。霊仙が育った地方では霊仙山周辺でしか見られない不思議な自然現象であった。俗に、石灰岩台地に見られるカルスト地形で多く見られる「陥没孔」にたまった水溜りが池になったものである。村人は「落ち込み穴」と呼んでおり、多くは直径数メートルから数十メートルぐらいのもので、そうした池は霊仙山の麓へ続く繁みに点在し、その池のほとりには数十種類の薬草が自生していた。霊仙は故郷で習い覚えた薬草の知識をもとに、村人たちの病いの相談などにのりながら、唐の都長安へはどのようにしたらたどり着けるのであろうか、と、遥かな旅程を探り続けるのだった。

夏が過ぎ、短い秋が、そのまま冬になってもこの島には寒さがやってくる気配がなく、樹林の緑も廃れなく生き生きと息づいている。いつしか霊仙も、この島の方言を習得し、今では自由に島人と会話することが出来るようになった。

そんなのどかなひと時に、ふと、鳥影を身近に感じることがある。

「まさか？　テンが！」

肥後、田ノ浦港を出航した早朝、霊仙は「テン」が主帆の先端に停まっている姿を、一瞬ではあったが見たのだった。

ところが、この島にも「テン」は霊仙を追ってきている。姿こそ見せないが十日に一度は野兎などの小獣やムクドリなど、「テン」が狩猟した獲物を、これ見よがしに霊仙の祠の出入り口に放擲していくことがあるのだった。

「テン」とは、霊仙が幼名ヒキネ（日来禰）と呼ばれていた八歳の頃から、十五歳で奈良の興福寺に入門するまでの七年の間、育て上げた鷹狩り用の隼のことなのだ。

隼の「テン」が、奈良に暮らしていた頃、ヒキネの周囲にいたことは知っていたが、まさか肥後、田ノ浦からこの島まで追いかけてきているとは思ってもみなかった。

「テン」がそばにいると思うと、霊仙にとってこころ慰める一刻になるのでもあった。


そんな島にも元旦はくる。

村人は竹を燃やし、子供たちや若者たちが爆竹を鳴らし続ける。これが新年の行事として、この島から悪霊を追い払うのだという。

霊仙は、長安の大明宮で皇帝が行う朝賀の「元会」への思いを念じて元旦から三ケ日、不眠不休で「般若心経」を三千回称え続けた。この噂を伝え聞いた島の人達が入れ替わり、朝から夜中、明け方まで交代で霊仙の祠に参加し，般若心経を和したのだった。

三日間の読経が終わると、霊仙は海岸の露天風呂に村中の衆を集めて、新年の仏教の説教会を催した。

百人ぐらいの老若男女がにこやかに座って霊仙の講話を聴いている。

「このように人々が集まることは良い兆しなのだ。よし、今日は霊仙がどんな話をするか聞きに行ってみよう、と言って集まってくるのは何か得をしてやろうという気持ちだから、とても大切なことだ。いいことを聞いたぞと言って楽しんで人に自慢してみせることは菩薩の境地なのだ。そう、生きている人間として清浄な、清く正しい菩薩の境地だよ。自分が思うようにできたことで、心が喜ぶことも、ああ楽しかったと心が満ち足りることも、どこも痛くなくて苦しくなくて体が楽なことも、みんな清浄な菩薩の境地なのだ。今、あなたたち若い人たちの性欲のはけ口について考えてみよう。そもそも性欲は子孫を絶やさないために本能の力を借りた仏のお導きなのだ。ここに誤解がある。仏教では男女の性行為を否定しており不浄なものだと決めつけているように言われているが、そうではない。男女の愛は正常な菩薩の境地なのだ。男女が性行為で結ばれ、妙（たえ）なる恍惚感こそは清浄な菩薩の境地。性欲が矢の飛ぶように早く激しく働くのも、男女の触れ合いも、異性を愛し硬く抱き合うのも、男女が抱き合って満足し、天にも昇るような心持になるのも、欲望を以って異性を見ることも、男女が交合して悦なる快感を味わうこともこれみなすべてが清浄な菩薩の境地なのだ。そしてあなたがたが目の当りに見る色のすべてが清浄な菩薩の境地なのだ。己の性欲を曲げて考えてはいけない。道に正しく自由にたのしんでいいのだ。そして学べ。学ぶことは大切。学問や文字や詩文を学ぶのではなく、自分の進む道を学ぶのだ。道を究める。大工なら鉋（かんな）の使い方でこの村の一番になる。船をつくるなら船大工の技を極めるのも人のためなのだ。さあ学ぼう！　みんなで一緒に大きな声で称えよう。学ぼう！　はいっ！」

「学ぼう！　学ぼう！　学ぼう！」

霊仙が指揮棒を振るように両手を大きく波打たせ喜びの表情で「学ぼう！」の大合唱を指揮する。

大声で叫び続ける若者たちの明るい表情。

こうして、ここ仏頂山で霊仙は瞑想と読経にあけくれ、早くも一年を費やしてしまっていた。

第二船に乗っておられた最澄殿はどうなされたか、第一船の空海は、果して無事に唐へ着いたのであろうか。霊仙の船は、見上げるような高波の頂上から逆落としになった瞬間に粉々に粉砕してしまった。たまたま船の舳先で経文を唱えていた霊仙は、甲板の船板とともに放り出されたのだった。

最澄は既に日本に帰り着き、京にあって勅命により、天台文献の書写を始めている。

空海は、長安の社交界で時の高官や文人墨客と、詩文の交換など派手なパーフォーマンスを演じ、梵語の師である般若三蔵の紹介で、不空の直系にあたる密教界の頂点、青龍寺の恵果に取り入り、恵果一千人の弟子たちを尻目に外国人ながら異常なまでの厚遇を受けた。恵果が入滅にいたる数カ月前のことであった。

空海と恵果は不空三蔵の導きでもあるかのように一体化し、恵果は胎蔵界、金剛界、伝法阿闍梨の密教全ての灌頂を空海に注ぎ込み、教法の王位にあたる『遍照金剛』という号を日本人の空海に授けたのだ。

留学僧としての最澄や空海の活発なる行動や実績については知る由もない霊仙が、ひたすらに願うことは一日も早く首都「長安」外郭正南・明徳門の門前にたつことであった。

いつまでもここに止まることのできない留学僧霊仙は、一年を経て、やっと村人たちの信頼を得ることができた。部落の漁師たちが霊仙の願いを叶えるために、せめて長安の都へ続く対岸の大陸までも送ってやろうということになって漁船を仕立ててくれたのだ。

この日、一日を棒に振った漁師たちの生計への影響がどれほどつらいものであるかを霊仙は知っていた。

霊仙は日本から持参した唐の通貨「得壱元寶」二十枚を、村人の船底に忍ばせて下船した。

島へ帰って船の後始末をしていた漁師が、その礼金の紙包みを見つけ出したとしたら、少なくとも村中の村人全員が、十日間、夜通し飲み、踊り、歌いあかしてもまだお釣りが出ようという大層な貨幣なのだ。その、「得壱元寶」一枚で、一般の開元通宝一〇〇文に相当する金額で、いまだこの村では誰一人として見たこともない、唐朝の古銭通貨であった。村では、小豆一〇キロが十文。粟が二五文、小麦三〇文、そして米一〇キロが四五文の相場からいうと、二千文あれば、一人二文の精進料理が千人分も食えることになる。

そして実際、村中は盆と正月が一緒に来たような賑やかな十日間を過ごしたという。

船団

推古八年（六〇〇年）に、推古天皇の意をくんで、聖徳太子が第一次遣隋使船を初めて隋の国へ出帆させたのだが、その成果に関して一切の記録が残されていない。その後、七年を経て、推古一五年（六〇七年）に小野妹子を大使とした第二次遣隋使船が新造の船団を組んで中国へ渡った。その時はそれなりの成果はあったものの、その後の遣隋使が、隋の王である煬帝に宛てた「天使の国書」による事件を起こした。「日出ずる国の天子より日沈む国の天子へ」の巻頭文書が煬帝の怒りをかうことになり、隋との交流が断絶されたのであった。その後、隋が滅び、王国が唐に遷って「遣唐使船」の往来が復活してから今回が第十八次（第十六次という説もある）の遣唐使船となったのだ。振り返ると実に推古以来二百年の歴史を刻んできたことになる。この歴史ある第十八次遣唐使船団には、後に奇しき因縁を結ぶことになる三人の僧侶が乗り込んでおり、さらなる新しい歴史を拓こうとしていたのだ。

第一船には空海、第二船に最澄、第四船に霊仙が乗り込んで、その扉を開く。

空海、霊仙はともに無名の学僧でしかないが、最澄は時の権勢の庇護を拝し、この船団では天皇の護持僧として内供奉十禅師の一人に任じられており、既に比叡山延暦寺を開創しているとして、当時の仏教界に確固たる地位を築いていた。佐伯天皇家からの命により天台の大系を学ぶために入唐する短期留学生の身分だから、その意味では、空海も霊仙も、この高名な最澄のことは見知っていたであろう。しかし、身分の違いもあって、無名の二人の僧は高僧の地位にある最澄とは一線を画す間柄にあり、親しく交わることはできなかった筈だ。

もともと空海も霊仙もこの第十八次遣唐使船に乗ることにはなっていなかったのだが、一年前の延暦二十二年に難波港を出帆した遣唐使船団が途中で暴風にあって破損したために引き返し、船団を修理し再出発するにつけて、難破故障で出戻った不吉な留学生たちは縁起が悪いとして忌嫌われて解雇され、新しい留学生に入れ換えることになったのだ。そのため実施された新規再選審査の試験に応募合格した空海と霊仙が新たに採択されたのであった。

もし、前年の遣唐使船がすんなり唐に渡っていれば、空海は入唐することはできなかったから、現在の真言宗は成立していないか、もっと大きく形をかえたであろう。

第十八次遣唐使船「よつのふね」に乗り込む乗員総てが、摂津（大阪）の住吉大社に集結した。東大寺で「具足戒」を受けてからの一ケ月は霊仙にとってはまことに慌ただしかったと言える。在唐二十年の学費、滞在費などを工面する必要があったからである。

霊仙のような私費留学生の場合、朝廷から餞別として絹四〇疋、綿百屯（十五kg）、布八十反が下賜されるのであるが、それらは、これから世話になる唐の役人や、僧侶たちへの儀礼的な挨拶などに使うもので、霊仙が在唐するために必要な長期滞在費は含まれていない。従って、霊仙としては、かなり多額な金品を個人的に調達しなければならなかったのだ。

霊仙の後援者である丹生氏の本家の首領・丹生八郎真人は、霊仙が唐で暮らす二十年分の生活費など屁とも思っていない。いくらでも援助を惜しまないから学費を受け取りに来るように連絡をくれたのだった。しかし、霊仙はこれまで十年以上にわたって八郎真人から受けた莫大な奈良における留学費の奨学金の額の重さを思うと、これ以上の援助を受けることはできないと決心したのだ。厚意を幾重にも感謝する旨を伝えながら、自分の力で何とか工面するという主旨の返事を八郎真人に差し出していたのだ。

父の力で集めてくれた幾ばくかの滞在費で唐にわたることを決意して旅立つことにしたのだったが、出発前日に八郎真人首領からの至急便で届けられたのが、唐の古銭で、玄宗時代に安禄山が鋳造したという貨幣「得壱元寶」千枚入り一箱であった。因みに、「得壱元寶」一枚で一般通貨「開元通宝」一〇〇文に相当するというのだから、「得壱元寶」千枚はとてつもない大金であったことになる。

延暦二十三年（八〇四年）五月十二日、第十八次遣唐使船一行を乗せた「よつのふね」は「難波の津」を出港した。

一船当たり一〇〇名から一五〇名、総勢五〇〇名からの大掛かりな船団である。乗船する乗員は先ず大使で、この大役を任ぜられたのが藤原葛野麻呂であった。次に大使を補佐するのが副使（ふくす）で船一隻に二、三人が乗り込む。その他、判官、その下に録事（秘書官）が付く。更に准判官と准録事が複数乗る。その他、水手（船員）・史生（書記）・訳語（通訳）・医師・神官・呪詛師・雅楽員・楽士・陰陽師（天文星宿）・主神（神主）・留学生・請益生・留学僧・沙弥（留学僧・請益生の従者）・警備員・船長・準船長・水手長（船員の長）・玉生（ガラス工）・鍛冶工・鋳物師・木工職人・船大工・操舵長・

舵取手などが船一艘に一〇〇名から一五〇名が乗り込むことになるから、第十八次遣唐使船の総員は五〇〇名を超す人数になっていた。

唐を目指す前に船団四隻が向かった先は、五島列島、肥後「久賀島（ひさかじま）」である。船団が「久賀島」に寄港するのは、この島の特産品である「椿油」なる逸品に由来する。

「久賀島」が、日本記（日本書紀）によって歴史に登場した初出となるのだが、これによると養老元年（七一七年）に四十四代天正天皇（女帝）の指示で唐献品として久賀島の「やぶ椿の純正油」を唐の第九代玄宗皇帝に献上するために寄港したことが記録されている。玄宗皇帝は善政で唐の絶頂期を迎えていたが、後年楊貴妃を寵愛したことで「安史の乱」が起き、失政する。

この年の遣唐使船は稀にみる成功を収め、献上した「椿油」が玄宗皇帝の健康志向に役立つことになり、以後の遣唐使船は必ず五島列島の久賀島に寄港することになっていた。

そこで、今回の第十八次遣唐使船も久賀島の田ノ浦港に寄港して、各船、各々一〇トンずつ荷積みしたと記録されている。

肥後、田ノ浦港を出航した四隻の遣唐使船団は出航三日目にして暴風雨にみまわれ大破、自力走行不能となり、洋上に離散し、お互いの船影すらも見失い仲間の無事を確認する術もないありさまとなった。

遣唐正使、藤原葛野麻呂一行に空海と橘逸勢という儒学生（この橘逸勢という男は、後に空海と共に帰国し、嵯峨天皇、空海に並び当代三筆といわれるようになる貴族の家系）を加えた第一船は、洋上漂白すること三十四日、東シナ海を彷徨って福州長渓県赤岸鎮、現在でいう浙江省の太平洋岸にある温州市あたりに流れ着いたのが八月十日だったという。

最澄は九月一日に、第二船で明州、今の寧州市に到着し、二十六日には台州に入り、直ちに天台山に登って、禅林寺で禅の伝授、国清寺で大仏頂大契曼荼羅の行事を伝授、更に仏隴寺の行満師より天台の伝授を受けるに至り、早くも十月には入唐の目的をほぼ達してしまったといってよい。

そのころ第一船は、未だ福州にあって上陸、入京の手続きに手間取っていたのである。

この大使、藤原葛野麻呂の第一船は現地で役人に海賊の疑いをかけられ五十日間も待機させられていた。

藤原葛野麻呂自ら福州の閻斉美長官へ嘆願書を書いたのはよかったが、これがひどい悪文悪筆で却って嫌疑を深めてしまった。

空海が乗っている傾きかけた遣唐使船が桟橋に係留される。

かくして、遣唐大使藤原葛野大使に代わって空海が代筆することになり、福州観察使・閻斉美宛に嘆願書を奏上することになった。

空海、机に向かい瞑想しているが、やがて目を開き、表情をゆるめると筆を執り、静かに書き始める。

筆先が流れるように走る。

賀能啓　高山澹黙　禽獣獣不告労

※出典『性霊集』巻五「為大使與福州観察使書」

福州観察使・閻斉美の書斎。福州観察使の閻斉美が書類を検閲して捺印をし続けている。扉の外からの声「長官！」

「入れ」

副官の馬揔が入ってくる。

「申し上げます。また日本の遣唐大使と称するものから書状が参りました」

「使いの者は?」

「待たせてあります」

「何度来ても同じじゃ、幼稚にして礼儀を弁えない書状を繰り返し届けて来るなど笑止千万! どうせ密航を企てている偽遣唐使の詐欺師どもに違いない! 見るも汚らわしいわ! いつものようにさっさと追い返すがよい」

「それが・・・・(言いよどむ)」

「どうした?」

「この度の書状は前の三通とは違うようでございます」

「何? どのように違うのだ?」

「これを書いた者はただものではございません。筆のさばきといい、文章の流れといい、気品と自信に満ち溢れております」

「まことか! 当代の名文家であり、書家としても名高いそなたがそれほどに申すなら、読んでみよ」

馬摠が頭を下げ、空海の書簡を開き読みはじめる。

「賀能啓す。高山澹黙なれども、禽獣労を告げずして投帰し、深水言はざれども、魚龍倦むことを憚らずして逐ひ赴く。故に能く西羌、険しきに梯して垂衣の君に貢し、南裔、深きに航して刑厝の帝に献ず。誠に是れ明らかに艱難の身を亡ぼすことを知れども、然れども猶命を徳化の遠く及ぶに忘るるなり」

長官閻斉美は瞑目して聞いていたが急に括目して手を挙げ、馬摠を制した。

「おう！　まことにみごとな力強い文章だな。みせてくれ」

閻斉美は空海の書翰をひったくるように受け取ると食い入るように読む。

「まさにみごとな名筆よな。そなたの前だが、これほどの書き手は我が国といえども何人とはおるまい。これほどの書き手がおりながら、今までの三通の手紙はなんだったのか？　われわれを嘲弄したのか？」

閻斉美は更に空海の手紙を読み続け、遂に声に出して読み終えるのだった、

「風に順ふ人は甘心して逼湊し、腥きを逐フ蟻は意に悦んで駢羅たらん。今、常習の小願に任へず。奉啓不宣。謹んで言す」

「ああ、なんたることだ。これは詐欺師などではない。明日、その使節ご一行をご招待せよ。この書状の書き手も必ずお越し願うようにせよ。使節の方にくれぐれも礼を厚くし、土産を用意してくれ」

「まさに長官のおっしゃるように、私もこれを書いた者と会うのが楽しみでございます」

闇斉美は、立ち上がって大きくうなずきながら馬摠を送り出す。

遣唐使船の内部で、橘逸勢と空海。

「そなたの書いた書状で状況が一変した。これまでまるで盗賊扱いだったのが、そなたのおかげで百二十人の乗組員すべてが国賓扱いだ」

「私たちは日本国天子様の使節として日本を代表してきているのですから当然です」

「明日は、福州観察使・闇斉美殿が宴席を設けて我々をご招待して下さるそうだが、特におぬしを名指しで出席するように念押しされたそうだ。よほどおぬしの文章が気に入られたようだ」

空海と橘逸勢、肩をたたきあって満足そうに笑う。

函谷関《かんこくかん》の峠から一行が急な山道を下り切り、やや広い展望が開ける峠に出る。馬上の藤原葛野麻呂、橘逸勢、空海、長官闇斉美、馬摠をはじめ人足一同、目を見張る。一同に、「やっとここまで到着した」という安堵の声が安堵と感激の合唱となって、峠の尾根に響き渡る。

空海は合掌して祈っている。

展望台からの眺望・唐の都長安の遠景が涙にかすむ。

延暦二十三年十二月二十三日本涯を辞して後、五ケ月あまり、福州を出てから長安到着まで五十日の永い旅であった。この間に、空海がなにを見、何を考えていたか？　書き残された記録はない。

このようなトラブルを経て、彼らが唐の都、長安へ到着したのはその年の暮れも押しつまった十二月二十三日で、最澄は既に国清寺所蔵「天台智者霊応図」の模写を完成させていた。

第三船は、就航まもなく肥前松浦で座礁遭難。三棟今嗣遣唐判官らは船を放棄して脱出し、大宰府までほうほうの態で帰り着いた。

霊仙を乗せた第四船は、第一船・第二船と共に襲い来る台風と最後まで闘ったが船体が木端微塵に崩壊してしまった。乗組員たちは高階遠成船長をはじめ十九名が生還したが、生還者の記録に、霊仙の名前を見ることはなかった。

生まれ

霊仙の出自については幾つかの異説がある。

生地は阿波とも近江ともいわれている。生誕の年月も定かな記録は見当たらない。

後に世界で八人、日本人ではたった一人しか受領していない「三蔵」の冠位を得た「屈指の名僧・霊仙三蔵」ともあろう人物について、生まれも育ちもわからないという「不詳・不明」だらけでは済まされまい。

ここに「霊仙三蔵顕彰の会」が出版した「沿革誌　霊仙三蔵顕彰活動の歩み」がある。この本に記載されている霊仙三蔵の生誕地は、明確な記録はないが、大方の研究資料では、近江の国、霊仙山麓醒井付近説に傾いている、と、記されてある。

ここは近江の国、霊仙山の自然の天蓋宇宙の夜空であった。

満天の星空を切り裂くように赤い星が流れて長く尾を引いていく。

穏やかな山里の払暁。夜明け前の山岳稜線が暁の逆光に浮き出して見える。近江の国、鈴鹿山脈の最北端にそびえる霊仙山の山影だ。

朝焼けの空にくっきりと赤い流れ星が走り、静かな霊山の山麓にすいこまれるように消えた。その星が漂着したと思われる麓の村は、こんもりとした濃い緑の樹木のなかにあった。山頂から湧き出た清水が何筋にも分かれて、この里山を潤す透明な流れになっている。

流れを支える自然の石組には新鮮な緑の苔がむし、大木が群がる林を育ててきたのだ。林に住みついた小動物の営みの中に、村人たちの和やかな暮らしがある。時には小鳥のさえずりであり、小猿が走り去る風の音であったりする。

そんなのどかな景色のなかに、杉木立に囲まれ、澄んだ湧き水の池面に影を映す古めかしい豪邸がある。七、八十年ほども前に建てられたこの地の村長《むらおさ》の屋敷でもあろうかと思われる。

たった今、ひっそりとした中にも、なにやら祝い事でもありそうな雰囲気が漂っている。それは、母屋の片隅に隣り合わせで建てられた産所の活気のようであった。この産所は家長の妻、香子の希望でこの屋敷の敷地内に設けられたのだ。

門前に村人たちが大勢集まっている。中庭の広場で餅をつく若衆。女たちが煮物やら、酒などを用意している。廊下をバタバタ走り回る女たち。

産所の閉め切ったほの暗い部屋。雨戸の隙間から光の帯が一筋、美しく差し込んでいる。出産に備えて寝間に臥している香子の美しい表情。すると、天井の片隅に乳白色のピンクがかった球形の玉が浮き上がり、静かに息づいている。部屋全体がほのかに明るみをまし、香子が目を開けて床の上で半身を起こす。

淡い紅色の花びらが一つ、はらりと香子の掌に降り落ちた。

「まあ、なんとかわいらしい！」

そのほほえみに応えるように、花弁が次々と小雪のように降りかかる。

やがて部屋中が黄金の輝きに満ち、乳白色の玉が香子の胸元に降りてきた。

天の声がやわらかくひびく。

「生まれ来る子は御仏の使者となろう。明けの明星として天空に光輝く太白星の導きにて生きよ」と。

乳白色の玉は、声とともに香子の懐に滑り込むように消えた。

敷地内すべてに花びらが舞い降り、黄金の光がまぶしく満ち溢れる。産所前の廊下にも、女たちが産湯を沸かしお産の準備に忙しい勝手場にも、祝い人たちが犇めいてその時を待つ庭先にも、途切れなく花びらは降り続けるのだった。

すべての人々が、降りかかる花びらを手に取り、驚きと喜びに浮かれ出す。小鳥たちは唄い、小動物たちは軽々と転げまわる。

突然、赤ん坊の泣き声！　廊下を走る女中。女中が別間に駆け込んできて、「旦那様、お坊ちゃんでございますよ！」。普段物静かな家長が立ち上がると障子を力いっぱいに開け放って叫んだ。

「よしやっ！　これで跡継ぎができたのだ！　祝え、祝え！」

後に、日本でただ一人の三蔵法師となる男子、霊仙の誕生だ。

宝亀九年（七七八年）二月十四日。

幼名を日来禰（ヒキネ）と名付けられる。

第四十九代光仁天皇の晩年にあたり、ほどなく奈良時代から平安時代へと日本の歴史が動いていく世紀であった。

家長は、今、霊仙の父となった丹生刀禰麻呂（にゅうのとねまろ）である。

ヒキネは、ここに生を受け、やがて平安時代の法相宗の僧となり、後に唐国に渡って、時の皇帝「憲宗」より日本で唯一の三蔵法師の位を拝受し、ここ近江の国坂田の名祖（なおや）と称えられるという生涯が約束されていたはずである。

ヒキネは二歳にして、文字に異常な興味を持つ。父、刀禰麻呂の蔵書に興味を示した。家中の壁と言わず襖や廊下にも柱にも蔵書の「字」を書き連ねるヒキネ。単なる悪戯書きではない。父親の書物を見て、興味を持った「字」を書いているのだ。紙が手元にあれば紙に書く。良し悪しがわからぬ幼児が手あたり次第に書いていく字が家中にあふれているのだが、それを呆然と見て、叱るに叱れず、手も足も出ないヒキネの両親であった。しかし、二歳の終わりごろ驚くべきことが起きた。ついにヒキネは父が日ごろ唱えている経典である「般若心経」を諳んじて書くようになったのだ。息子の天才ぶりに親バカの刀禰麻呂も黙って放置もできなくなり、白紙の教本に書くことを教えたのだった。

ヒキネが三歳になると、小動物に異常な関心をもつようになった。

一日中、田圃の畔にしゃがみこんで、水田の世界を見つめるヒキネ。

蛙の卵のふ化を観察し、オタマジャクシに手足ができていく様子を描き写す。

最初に後足の左が出て次に右足が出てくる。次の日も前足が生えてくる、前足と後ろ足が出揃うと、しっぽが引っ込み始める。えらがなくなると、陸上と水中の両棲動物となる。これを絵として写生するのだが、普通に描くのではなく、見事な細密画なのだ。

色絵具の彩色は驚くべき緻密さで塗り上げられていた。

オニヤンマ幼虫のヤゴは獰猛である。水中で蛙や泥鰌を食い、やがて日が満ちると稲の葉につかまってヤゴの皮を破りトンボになる生態をじっと見つめるヒキネ。

こうして、ヒキネが八歳となったのを機会に、両親はヒキネを、霊山の松尾寺に僧侶になるための修行に出した。

霊山は、白鳳九年（六八〇年）、役の行者（役の小角）が難行苦行を求め修行したのが始まりとされている。神護景雲三年（七六九年）、高僧宣教大師が霊山付近に霊仙七ケ寺を建立したなかの北面の寺が当山、松尾寺である。平安時代の山岳修行の風潮のなか、風吹山寺の開祖三修の高弟松尾童子がこの寺の中興に力を注ぎ、その後山岳信仰の寺院として発展したのだった。

丹生刀禰麻呂から預かった松尾寺の住職は、ヒキネの教育を寄宿僧の天山に任せた。

天山は各地の寺々を巡回修行している天衣無縫な怪僧であった。

ヒキネを甘やかすというより、放置したままで、テーマだけを与え、後はヒキネが好き勝手に与えられたテーマを仕上げればいいのだ。

天山が一羽の雛をヒキネの掌に載せて命じた。

「ヒキネよ、この雛は隼（ハヤブサ）じゃ！　鷹狩ができるように、この雛を育てよ。母鳥の巣から落ちてきたのじゃ。死なすな」

「えっ！　どうやって育てるの？」

「自然を知ることじゃ。ハヤブサをよく観よ。ハヤブサは生きている動物の肉しか食わぬ。生きてるものならなんでも食うぞ。お前はこの雛の父親の気持ちになれ！」

ぽろぽろ。ヒキネが両目に涙をためて泣く。

「ふん、母親の巣から落ちた雛が可哀そうで泣くんか。泣き虫め！」

「違うんや。この雛が巣から落ちた原因は、親が落としたのか、自分の過ちで落ちたのか、天敵に襲われて落ちたのか、いずれにしてもそれはこの雛の運命です。ヒキネは巣から落ちたのが可哀そうで泣くほど甘くありません！　この雛が可愛くて涙がこぼれたんや！」

「すまん、すまん、ヒキネはやさしいのやな。こりゃ一本取られた」

「（ヒキネは雛を懐に入れると）先生、こいつの餌を捕りに行くけん！」

ヒキネが急いで田圃に飛んで行く。

蛙を捕まえて隼のヒナにくわせる。泥鰌を捕まえては雛にくわせる。

ヒキネの手の中で、凄い食欲のハヤブサのヒナが大口を開けて次の餌を催促する。

こうしてヒキネと隼の生活がはじまった。

ヒキネは熱心にハヤブサの雛に餌を与え、一緒に寝起きを共にしてハヤブサと話ができるようになる。ヒキネはハヤブサに「テン」という名をつけてどこへ行くにも一緒に連れて歩いた。天山和尚の狙いはヒキネに鷹狩りができる隼を育てさせることにあるようだった。ヒキネが十歳の春であった。

鷹狩りとは、鷹を飼いならして鳥獣を補足させ、それを取り上げる間接的な狩猟法だ。日本書紀の鷹狩りについての初見は、「仁徳天皇」の条項（三五九年九月）に見られ、鷹狩りは百済から伝えられて、天皇は百舌鳥野に鷹を放ち雉を獲ったと記録されている。平安時代に入ると天皇、貴族をはじめ、武家の間でも練武を兼ねて鷹狩りは盛んになった。鷹狩りで用いられる猛禽類は、鷹（オオタカ・ハイタカ）、隼（コチョウゲンボウ）、鷲（イヌワシ・クマタカ）など種類は多様だ。オオタカの獲物はすこぶる多く、キジ、野ウサギ、ガン、カモ、サギなど。隼は飛翔力が強いため、ガン、キジを捕獲する。隼の狩りは、獲物のいる場所からかなり離れた地点で、隼を空中高く飛ばす「上げ鷹」という技を使う。呼子で隼を誘うのであった。指導しながら獲物に接近させ、獲物が飛び立ったところを高空から真っ逆かさまに飛びかかって獲物を蹴落とす。獲物をとらえると、丸上げと言って、とらえた獲物を羽交い絞めにして心臓を抉り出して隼に与えるのだが、獲物を傷つけずに置きたいときは、袋から肉片を取り出して与えるやり方もある。「テン」が、ヒキネの仕掛けによって獲物に襲いかかるようになるまで一年六ケ月を要した。獲物は雉と雁に限らず、野ウサギも「テン」は鋭い脚爪にかけて狩りを仕上げるのだった。

鷹狩りの他にもヒキネは天性の才能を発揮した。天山の勧めで習い始めた弦楽・雅楽をみごとに習得して、舞台演奏を催す。

肩に「テン」を止まらせたまま、鞍を置かず裸馬で村中を走りぬけ、村人から喝采を受けるヒキネ。

夜も眠らないで読書に励むヒキネ。

ヒキネは十五歳で奈良の興福寺に入門することになるのだが、それまでの七年間、手塩にかけて育て上げ、すっかり成長した「テン」を手の甲に乗せて別れを告げる。

「テンよ、お前を自由にしてやる時が来た。今日から、自然に返る練習をするのだ。自然への回帰をして野生を取り戻せ！」

ヒキネが手の甲を強く空に突き出してテンを放つ。

途惑うように一周してヒキネの肩に戻るテン。

そんな状況を何日か繰り返して、やがて、テンは未練がましく何回も何回もヒキネを振り返るように旋回して森の彼方へ！

「ほんまに別れがつらいぞ」。ヒキネの瞼がぬれる。


十一月の払暁。霊仙山の空。東方の夜明け前の稜線が黒い影となってくっきりと浮き出して見える。その明るくひろがる薄紫の空に明けの明星、「太白星」の輝きが美しい。この「太白星」とは、今でいう金星のことだ。

「生まれ来る子は御仏の使者となろう。明けの明星として天空に光輝く太白星の導きに従って生きよ」。ヒキネが生まれるときに母の香子が「天の声」として聴いたというお導きの声である。ヒキネは母からこのお言葉を何十回、何百回も聞かされてきたのだった。

太陽の光をいっぱいに受けた反射光を星座の画面一杯に輝かせる太白星を見つめるヒキネが声高く呼びかけた。

「阿加保之（あかほし）様！　いつの日か、お目通りいたしたく存じます」

※阿加保之とは、平安時代の「明けの明星」の呼び名。

ヒキネの願いに応えるかのように明けの明星太白星が激しくキラッと大きく輝いた。

「ああ、感激！　ヒキネはお星さまと話したのだ！」

ヒキネ、十五歳。十一月早暁のことであった。

このようなヒキネを「神童」だという噂が広まるなか、丹生氏の首領本家からヒキネに面接を求める呼び出しがあった。付き添いは不問だが、両親の同伴は認めないという条件であった。

本家というのは、「丹生丹抗」の首領の丹生八郎真人。一三〇〇年前の中国の戦国時代に秦国の統一に至る戦の中で敗れた呉国の王女の下で、新天地の日本国に向かった金属採取にたけた呉越の一族が、丹生八郎真人の祖先であった。したがって、丹生丹抗の創設は縄文時代に開山してから丹生丹抗とその周辺で辰砂の採掘を行ってきたのだ。鉱山の名前でもあり、地名になっている「丹生」とは、丹土・辰砂が採取される土地を地名にしたものだ。そしてこの「丹生丹抗」は、社名を変え「丹生鉱山」として一九七三年（昭和四十八年）の閉山まで続くことになる。

水銀鉱業は当然中国大陸伝来の技術であり、丹生氏族も呉国から倭国へ渡ってきたのであった。倭国、その頃の日本は金や水銀の鉱脈が露出し、豊富であることで知られていた。水銀の原鉱である辰砂は赤土であり、原始古代社会において炎や血と同色である赤色は、呪術・霊力があるものと信じられていた。水銀原鉱の産地のほとんどは中央構造線沿いにあり、丹生氏族も、この中央構造線に沿って豊後水道から四国松山、吉野川、阿波、淡路島、さらに近江、紀伊まで進出してきたといわれている。この中央構造線に沿って丹生という地名が多く存在するが、これこそ丹生氏族が水銀の生産を行った地であり、丹生神社がこの地域に五〇社以上もあるわけなのだ。しかし、この鉱脈の水銀、辰砂の量も枯渇してきて、鈴鹿分社も近々引き払い、この丹生丹抗を一本化して残す方針を丹生八郎真人は固めていたのであった。

八郎真人は、とても六十六歳とは見えぬ艶やかな白い肌の持ち主で、総髪の髪も黒々と豊富な量があり、肩まで波を打っている。八郎真人の色白で小柄な体型は、そのままヒキネが受け継いでおり、丹生族の血統なのかもしれない。

八郎真人の前にヒキネが座り、付き人の天山はやや斜め後ろに控えている。

「そなたはいくつになった」

「十四歳」

「チビだな」

「でも負けませんよ」

「ほんとうか？」

「本当です。誰にも負けません」

「喧嘩の時は？」

「力はないけど走るのは早いから、逃げる」

「ハ、ハ、ハ、それでは負けか！」

「ちがうよ。逃げるが勝ち！」

八郎真人は上機嫌で、また笑った。

「この広い建物が何だかわかるか？」

「首領様の家でしょう」

「まあそうだが、住まいというより作業場だ。ここでは『みずかね（水銀）』を作るために朱砂（辰砂）を採掘しておる。わしが四〇歳ぐらいの時に、奈良東大寺の大仏殿の建造に参加したのだが、その時の盧舎那仏像の仕上げを一手に引き受けた際には、熟銅七十三万斤、金一万五〇〇両、みずかね五万一千両をすべてこの丹生丹抗が一手に奉納したのだ。それに木炭一万俵をみずかねの気化用に必要だったたな。あの大仏様を鍍金〈金メッキ〉するやり方を知っているか?」

ヒキネが後ろを振り返り天山を見る。天山が「お答えせよ」と頷く。

「みずかねは、鉄以外の鉱物なら金、銀、銅、鉛、錫を呑み込むように溶かして軟膏のようにする力があるということらしいけど、ヒキネには実験することができないから溶けるところを見たことはありません。その性質を利用して、みずかねを運ぶときはみずかねに溶けない鉄の器とか竹筒で運ぶということは書物で読みました。それで、大仏様の鍍金の場合ですが、金とみずかねを混ぜ合わせるのだと思いますが、先ほどの首領様のお話の中で、金一万五〇〇両と、みずかね五万一千両を奉納したという数字からして、金一に対してみずかね五ぐらいの比率で軟膏状態に溶かして、大仏様に塗り、塗った後に熱を加え、みずかねを溶かして蒸発させることが出来れば、金が大仏様に塗り残るので、金ピカになるかもしれない」

八郎真人が目をむいた後、大きく笑った。

「みごとである。わしの言うことを一言も残さず聞き取って、瞬時のうちに推理を働かせ、大枠で見事な答えになっている。感心したぞ、ヒキネよ」

「ハイ！」

八郎真人は天山に声をかけた。「天山殿、聞きしに勝る神童そのもの。よくぞここまで仕込まれましたな」

「滅相もないことです。拙僧は何もしておりません。ヒキネこそ、まさに天才的な学究肌の少年であろうかと思います」

「このまま、田舎の寺で修行させるようなことでは、国家的な損失になりかねない。南都へ修行の場を設けようではないか。費用は惜しまぬ。わしは学問こそ不得手であるが、奈良の七寺の重職につく大物達とは心やすい仲じゃ。どこの寺でも、ヒキネを学僧として迎えてもらえるぞ。天山殿、ご苦労だが今度は刀禰麻呂を連れてもう一度来てもらいたい。時間をかけてゆっくり相談したい。丹生族の一大事じゃによってな」

笑顔の八郎真人はヒキネに向き直り「ヒキネよ、今日はそなたに会えて、そなたの賢さに触れることができて本当にうれしいぞ。何か欲しいものはないか？　望みを言いなさい。遠慮はいらぬぞ」

「はい、ありがとう。私が生まれるとき、母親はお星さまの声を聴いて、私を御仏に仕えるように育てよ、というお告げをいただいたらしい。その星は『阿加保之（あかほし・明けの明星）に従えとのことでした。その話を聞いて、私は、星空を見ては阿加保之様にお祈りを続けてまいりました。かねて母から聞いていたのですが、ご本家には代々伝わる古代の『天体星宿図』があるといわれているが、それはほんとうですか？　もし、母が言っている伝聞が本当なら、見せてください」

「うむ。それは先代の首領が文武天皇さまに、朱砂を献上した時のことだが、それに添えて貴重な雄黄（石黄）を献上したのだ。それは極めて珍品で、有毒なヒ素鉱物ではあるが、貴重な薬物として密かにに流通していたものであった。天皇がいたくお喜びになって、ヒキネのいう『天体星宿図』を先代に賜ったものと聞いている。よし、蔵へ行こう。そちのいう『天体星宿図』を探すとしよう」

八郎真人の指示で五，六人の番頭たちが手分けして探し出した「天体星宿図」が、蔵の別室で待っている首領とヒキネ達の前に運ばれてきた。唐製の織物張りの豪華な函に収められた「星座図」であった。八郎真人が無造作にヒキネの前へ函を押し出すと「開けよ」と顎をしゃくった。ヒキネは深々と頭を下げ、礼儀正しく函をあけた。春夏秋冬の「星座」四枚であった。それをじっと見つめていたヒキネが、ビックリした顔で八郎真人に言った。

「この天体星図は、ここ平安京の空ではありません。詳しく調べる時間をもらえれば更に正確なことがわかりますが、ここに描かれている星の数、星座の数はとても肉眼での観測では半分も見えませんよ。おそらく未だわが国にはない、天体観測用の望遠鏡で作成された逸品です。ヒキネが見たこともない星々、星座の数々に圧倒されるばかりです」

「うむ、流石に星座にかけては予想以上の知識があるとみた。これはそなたが持っていてよい。この星宿図は唐の国の都、長安の天空観測によって作成された星宿図だと伝えられている。しっかり勉強しなさい」

「やっぱりそうなのだ！　この星宿図の空が、あの、長安の空ですか！」

ヒキネが、天体図を両手で高くかざして歓喜の声を上げた。


八郎真人が、蔵の庭先に夕餉の膳部を用意させ、月見を兼ねたヒキネと天山の訪問を歓迎する席を設けた。

今しも、宵の明星が輝き、その中天に月がある。

「あの月をご覧ください。今の常識では、あの月が動き、星が動き、太陽が動いていると思っている人が大部分ですが、それは疑問です。天竺でも唐の国でも、天体と地面についての研究は進んでおり、『列事』という古典書には『夫天地空中一細物』と書いてあります。つまり『われらがいる天地も無限の宇宙空間の中で見れば、ちっぽけなものに過ぎない』というわけです。それと漢の経書には『天は左に回り、地は右に動く』と書いてあるのです。またこうも書かれています。『大地は常に移動しているのだが人間は感知できない』と」

「この地面が動いていて、あの月が止まっているというか？」

八郎真人が不審げに問いただす。

「いや、天竺の宇宙説では月も動いていて、太陽は止まっているというのですが」

「この地面が動いておるのけ？」

「私もいまあの月を見て考えていたのです。天が左へ動き、地面が右に動くことによって月が欠けたり、消えてしまったり、そしてまた満月になったりするのではないか？と。天竺では地面が動くという考えを『地動説』といい、天が動くという説を『天動説』というのです」

「ヒキネはどっち？」

「あえて言うなら地動説です！」

「ワシも地面が動いていると思う。目が回って倒れた時、地面が回りよるけん！　ハ、ハ、ハ、ヒキネと話しているとおもろうて、目がまわるようじゃ」

天山も大声で笑った。

三人は笑いながら天空に浮いた月を見上げる。

コペルニクスの地動説より七百年も前に、霊仙は地動説を予知していたのだった。

かくしてヒキネ（日来禰）は幼年期に別れを告げ、八郎真人の縁故により延暦十二年（七九三年）十五歳の春に奈良の興福寺に入門を許されている。

時に、南都（平城京）の七寺（東大寺・興福寺・元興寺・大安寺・薬師寺・西大寺・法隆寺）は、海外との仏教文化交流のメッカとなっており、インド、中国、ベトナム、朝鮮などから多数の僧侶が渡来していたという。

ここでもヒキネは、驚くべき飛躍を遂げ、僅か二年で十善戒の戒律を完成したうえ、「法華経」「最勝王経」「理趣経」「薬師経」を完全に暗誦し、講釈の域に達した。さらに延暦十五年（七九六年）一八歳で得度試験に合格、正式な僧となって、霊仙の名を得たのであった。

その後、五年を経て法相の義学僧となった霊仙は、興福寺の慈蘊に師事し、唐において法相学を究めようとして入唐を目指した。霊仙については極めて少ない記録しか残されていないが、興福寺に遺る『法相髄脳』に記されている蔵俊の奥書に「延暦二十三年、遣唐学生霊仙阿闍梨に附して、大唐に渡る」とあることから、この書『法相髄脳』を、興福寺の、慈蘊が入唐する霊仙に託したことは明らかだ。

その二年前、延暦二十一年（八〇二年）から二年間、霊仙は義学僧に甘んずることなく、当時の風潮の山岳修行を実践しようと奈良を出て故郷の鈴鹿山脈縦断の山岳信仰を極める旅にでている。その修験道の最後は、霊仙の幼児期に修行した霊仙山（りょうぜんさん）に目標を置いている。

女部落

霊仙は、いま鈴鹿山脈のなかでも代表格の変化に富んだ地形を持つ「御在所岳」（ございしょ岳・一二一二メートル）の山中にいる。

深山の霧に紛れるように、鳥の声、獣の遠吠え、風の音を背にして、修験者霊仙が山道を下りながら、石を砕き、磨り、匂いをかぐ、舐める。草を摘み、臭いをかぎ、掌でもみ、口に入れて噛む。ドンと霊仙は絶壁に突き当たった。見上げるような絶壁である。高さ二〇メートルの断崖だ。薬草を掌に載せて夢中にもみほぐしていて足元に気が届かなかったのだ。

霊仙は途方に暮れたように垂直に立つ岩肌をなでながらこの厄介な絶壁を迂回する道を探るようにあたりを見回した。目前の壁は左右どこまでも続いている。回避する道はなさそうであった。

ふと気づくと、登頂に失敗した人骨が、岩にしがみつく様子で朽ち果てていた。霊仙は、瓢の水を人骨に掛け、合掌。

「肉体は朽ち果てようとも、ことだま（魂）は永遠の命をもつという。いずれお目にかかりましょう」と、崩れた白骨に語りかけると霊仙は岸壁を睨み付け、いきなり突起した岩に右足を乗せ、右手を伸ばし、飛び上がると壁面の突起物に手を掛けて体を引き上げる。と、小柄で身軽な霊仙は息もつかせぬ早業で、するすると白蜘蛛のように身を躍らせ、あっという間に5メートルほどの岸壁をかけ登って行くことができた。だが次の手掛かりが見つからない。霊仙は、意を決し断崖の突起した岩に右足を乗せ、右手を伸ばし、飛び上がるように左手を掛けた岩が脆く、霊仙の重力を支えきれずに砕け落ちる。バランスを崩して落下する寸前に霊仙は咄嗟に崖から張り出している松の枝をつかんで宙吊りになる。いま霊仙を宙吊りにしている松の枝も、いつまでもつか、それほど頑丈とは思えない。霊仙は空をにらみつける。その空には黒い雲が厚く渦巻くように勢いよく流れている。壁面の岩に手足を固定させなければ、霊仙は落下する。霊仙は上目使いに岸壁を見上げるように睨み付け、宙吊り状態からの脱出を仏に念じる。やがて霊仙は右手背面の上にやや頑丈な岩の突起を見つけた。あの岩をめがけて、背面飛びで岩にしがみつかなければならない。そう決心すると霊仙は握っている松の枝を軸に、体を振り子のように振動させて、勢いをつけ、体を背面回転させて右手の岩に飛びつこうというのだ。左手で握っていた松の枝が、霊仙の運動の加力に耐えられずに吹き飛ぶ。その反動で同時に霊仙の体が右上の岩に飛びつくことができた。両手に力を入れて体を引揚あげながら足場を探る。岩棚に左右の足先を固定させる。すぐさま霊仙は一息つくと休む間もなく体を引き揚げ、次の岩をつかんで登る。あと少しで頂上に着けそうだ。稲妻が走り、雷鳴が雄叫びを上げ突風が吹き荒れ、霊仙の体が飛ばされそうだ。雲が渦巻き、大粒の雹が襲いかかり、霊仙の体を叩く。岩肌に叩きつける雹。その雹が霊仙の肉体を殴打する。岩にしがみついて耐える霊仙。

霊仙は止まらない。

次から次へと右手、右足で我が身を引き揚げて登る。左手、左足で蹴上げるように登る。両手が頂上の岩棚にかかった。霊仙は、あらん限りの力を振り絞って一気に懸垂上げで頂上に顔を出すことができた。ここで霊仙は大きく一呼吸して、グーっと体を引き上げて頂上の岩場に倒れ込んだ。

大の字になって荒い息づかいで空を見上げる。

空は意外と近くにあった。

絶壁の頂上で霊仙は半身を起き上がらせ座禅をくんだ。

霊仙を取り囲む林が騒ぎ、森が浪打ち、木々の葉が飛び交い、鳥の声は消え、雷鳴の震撼で断崖が震動し落石が乱れ堕ちる。空は赤く染まり、赤い雲が渦巻くたびに稲妻が煌めき、落雷の轟音と地響きが霊仙の体を刺激する。地は揺れ、天宙は膨張し、霊仙の頭上に観世音菩薩が降臨する。

「ああ！」と絶叫する霊仙！

その場で霊仙は立ち上がり、天を仰ぐと両腕を天に向かって突き出し、体を震わせて観世音菩薩に飛びかかり悶絶する。

落雷に打たれた霊仙の体が稲妻の青い光線の輪の中で飛び跳ねている。

雷雨が上がり、月の明かりに浮き出された霊仙が意識を戻した。

鬱蒼とした茂みが、仰向けのまま身動きもできない霊仙に覆いかぶさる。森の天井の僅かな隙間に半月がくっきり姿を見せていた。やがて月の姿が消え、濃い闇のなかで霊仙は、そのまま夜明けを待つ。

白々明けの薄暗い森を分けて続くけもの道を踏み固めるように霊仙が来る。

豊かな緑に囲まれた集落の空き地で裸の幼子らが遊んでいる。

こしまきだけをみにつけ、上半身裸の女たちが、それぞれ好きな形で動いている。

傍らに白骨が横たわっている。

あっちにも、こっちにも白骨化した人間の骨が放置されている。

死んで間もない女の乳房が腐りかけている。仰向けに倒れている老婆が息も絶え絶えに助けを求めているが、女たちは知らん顔で木の実を焼いている。

子らが白骨を握って駆け回っている。

この部落では男の姿が見られない。霊仙がけもの道から部落のなかへ踏み込むと、今まで走り回っていた子供たちが一斉に立ち止まって霊仙をみている。

まだ幼い子供の手を引いた若い女が霊仙の前に進み出てきた。

「どうしたのですか?」

「男がいなくなった。食べるものがない」

「男たちはいつからいなくなったのですか?」

女が首を振る。女には時間とか日数の観念がないようだ。

「男たちに帰って来てほしいのですね」

女が頷く。

霊仙は部落を見回して、この腐臭を吸い込んだいま、腐り溶けて行く有様をこのまま見捨ててしまってはならないと思った。

これは昨夜、落雷に触れた瞬間に飛来された空中飛行観音のお導きだと悟ったのだった。

霊仙は、静かに動き始める。

リーダー格とみられる女に霊仙は告げた。

「ここに皆さんを集めてください」

女は子供を抱き上げると、急いでみんなを集めるために走り回って集落の者たちを呼び集めるのだった。

霊仙は、集まってきた子供や女や老人たちにやさしく呼びかけた。

「そこら辺に転がっている骨や死骸は誰のものかわかりますか？　これらはみんなあなた達の父であり母であり、兄弟姉妹や子供たちなのです。このように死んでいった者を粗末に放り出しておいてはいけません。この者たちを放りだしたままにして置くと病の元になり、やがてあなたたちも病に侵されて同じように死んでいくことになるのです。男たちが狩りに出てあなた達のところへ帰ってこないのはそのためだと思います。みなで穴を掘りなさい。白骨となった遺体、そして亡くなったばかりの亡骸（なきがら）も、すべて、一つずつ丁寧に葬るのです。崩れかけた遺体は草や木の葉で包み、穴に埋めなさい。みんなに言っておく。あなたたちは、生きている者すべてに優しくしなければならないのです。どんなに小さな「虫けら」でもあなた方と同じ命を持っている。だから虫といえどもやたらに殺してはいけない。あなたがたが生きているように、どんな小さな命も、皆お互いに養いあって生きているのです。空を飛ぶもの、地に潜るもの、水に泳ぐもの、林に遊ぶもの、すべてあなたたちの周りで生きている者すべてが、あなたたちを養ってくれているのです。これからもそれを忘れずに、あなたたちが放り出したままの父や母や子らの亡骸をこれから大切に葬りなさい。骨や死体を土に埋めよ」

女たちは、霊仙の言う通りに穴を掘りはじめる。

霊仙は子供たちを連れて、近場の林に入り、自然薯の「零余子」（むかご）の摘みかたを教え、大粒の「むかご」を大笊に五杯も採り入れたのだ。労働の後、蒸しあがった「むかご」を部落全員が腹いっぱい食って久々の笑顔で賑わった。皆が寝静まった後で霊仙は、子連れの女に手伝わせて、足腰の不自由な老婆に薬草を飲ませ、体をふき背中から腰にかけて霊仙が考案した練り薬を塗って、新しい枯草の上に寝かせた。

翌日になると、霊仙の指導で穴に死体を埋め、土を盛りあげた土饅頭がすでに三つほどできている。

土饅頭にそれぞれ女たちは自分の好きな木を植えている。二〇人ほどの女たちが、ばらばらに土饅頭を作っている。霊仙はそれぞれ女たちの土饅頭つくりの指導でいそがしい。十数人の子供らは部落中に散乱している白骨を集めると霊仙の指示で穴に埋め、土饅頭に土もりしていくのが楽しそうである。

空は晴れ渡り、鳶が数羽大きな輪を描いて悠然と飛んでいる。

住居の洞穴の前がきれいに掃き清められ、薬草が干してある。霊仙が女に薬草を煎じて薬の作り方を教えている。出来た薬液を木陰に寝かせている老婆に飲ませるなどの看病の仕方を女たちに教える霊仙。

大きな月が森のてっぺんから急に昇ってきた。

焚火を囲んで歌を唄い、舞を舞う霊仙と女たち。竹の筒や、枯れた大木を空洞にした筒をたたいて歌う女あり、こどもを抱きあげて踊る女あり、霊仙から「仏の舞」を教わりながら、霊仙を中心に和気あいあいとした人間たちの輪が楽しい。

×

翌朝の明け方、霊仙が5人の女に蓑を着せて「けもの道」を下っていく。五人とも手ぶらだ。朝になって急に霊仙から呼び出された五人の女たちは、まだ子供のない屈強な若い女ばかりだった。霊仙はリーダー格の女に、部落で必要な生活用品を買い出しに行くことを告げ、力と体力のある女を五人選ばせたのだった。

寒村だが小さな市場が立つ集落まで歩いて四時間ほどかかった。

霊仙は先ず買った荷物を山の部落まで運び上げる「背負子」を六台買い求めた。更に霊仙は農具、穀物の種などを買い入れては、女たちの背負子に積み上げさせた。

買い物を済ませると霊仙は、女たちをねぎらうために市場の食堂で「芋粥」をふるまった。「芋粥」と言ってもただの芋粥ではない。大和芋を一口大に刻んで、菜種油で揚げ、うるち米ともち米を五分五分の割合で鍋に入れ、菜種油で上げた芋を加えて、たっぷりの出し汁でコトコトと煮つめた贅沢なものである。五人のおなごは生まれて初めて食うことができた経験に歓喜を体いっぱいに詰め込んで、背にした重い荷物を六時間かけて部落まで担ぎ上げたのだった。

×

背負子に荷物をいっぱい積み込んで帰ってきた霊仙たちは夕陽のなかにいた。

女や子供が霊仙を囲む。霊仙は荷を下ろし、布を女たちに渡して、肌着を作るように教える。女たちは布きれを乳房に当てて笑いあう。

霊仙が運んできたのは、麦と豆と粟と農作物の種である。霊仙はこれをリーダー格の女に渡した。女の目に涙があふれる。

翌日から霊仙は鎌で草地の草を刈り取り草を山のように積み上げるように女たちに命じると、女たちは手分けして草を摘みあげる。霊仙は、草を刈り取った後を鍬で耕して畝を作ることをやって見せ、二丁の鍬をリーダー格の女二人に渡し霊仙が耕した畝の通りにやってみろと命じてやらせる。出来上がった畝の頭に野菜の種を播き、芋の芽を埋めていく。

土饅頭が並んでいる明け方。土饅頭にうすい靄がかかっている。

やがて日の出の斜光が土饅頭を浮き上がらせると靄が消え、土饅頭が黄金色に輝く。

霊仙が釈迦如来像への想いを法華経に乗せて読経をしている。霊仙の後ろに五・六人の女が座り、霊仙に追いて合掌している。

×

森は明るく輝いていた。

小鳥や栗鼠などの小動物がそれぞれ縄張りを誇張して動き回っている。

小規模だが美しい滝。
落差はかなりあり、滝壺からは見上げるような一本筋の滝。
美しい風景だ。
滝に打たれながら真言を唱える霊仙。
清流の岸辺に咲く花々。

女が桶に水を汲みとり、天秤棒で運ぶ。
女が桶をかついでやってきて、畑に水を撒く。
女がハッとして畝に顔を寄せる。
畝に芽が出ている。
一つ、二つ。
「昨日まで出ていなかったのに？」
あっちにも、こっちにも芽がでている。
発芽を見つけた女が霊仙のところへ知らせに行く。
霊仙と女たちが駆けつけてくる。

一同は期せずして両手を握り合い、大きな輪になって畑を囲み、笑顔を爆発させながら小走りに芽吹き始めた畑の周りを走りまわるのだった。

×

部落へ通じる「けもの道」に潜むように二人の男が物陰から部落の様子を伺っている。

見違えるばかりに整頓されている部落の様子にビックリする。

「?・・・」

女・子供・老婆たちの食事風景。

煮物を朴ノ木《ほおのき》の葉に盛り付けている女。

幼な子に汁を飲ませる母親。

二人の男、暫くみとれていたが、やがてお互いに頷きあって去る。

×

女たちが集まって二頭の鹿と雉数羽の獲物を遠巻きにして騒いでいる。

霊仙が来る。

「おお、これはあなたたちへ男たちからの貢物じゃ。喜べ！　男たちが帰ってくるぞ！」

女たちが声をそろえて喜びの声を上げる。

「いつ帰ってきますか？」

霊仙は断言した。

「今夜です。今夜は十五夜だ。みなこの肉を焼いて男たちを出迎えよう！」

女たちが霊仙から教わった歌と舞を踊りながら楽しげにうきうきと、男たちを迎える支度にかかる。

×

一人も欠けずに戻ってきた男たちを囲み、部落中の人々が二重の輪になって焚火を囲むと車座になり、女たちは久しぶりの肉に食らいつき、男たちは初めて女たちが炊いてくれた麦飯を旨そうに掻っ込んでいる。

こうして男女、親子が再会の興奮から覚めたころを見計らって霊仙が立ち上がった。

「皆さん、今日はおめでとう。こうして家族や仲間が再び一緒になれたことはとても喜ばしいことです。これからは末永く別れることなく仲良くしてください。もうすぐこの霊仙は、次の目的地に向かいます。その前にこの部落に温泉を掘っていきます。温泉で体を温めると、病気になりにくい体を作ることができます。男の人は温泉に入ると筋肉痛が治って夜もよく眠れます。女の方は温泉に含まれる養分によってきれいでつるつるの肌が生まれます。今夜はゆっくり寝て、明日からは男の人たち全員で温泉掘りの準備に入りましょう。早朝からはじめます」

×

霊仙の指導で二十人ほどの若者が土木工事をし始めて一ケ月になる。

霊仙は、奈良の興福寺の学僧に入る前、本家の「丹生丹抗」の首領である丹生八郎真人の肝いりで水銀発掘の指導を受けて、丹生丹抗とその周辺で辰砂の採掘を修業してきた時期があった。そこで霊仙は、この部落のために得意の土木工事の技術で大規模な温泉を掘り当てようとしていたのだ。

櫓を組み、その中心部分の穴が地下へ向かって掘り進められている。掘削した土砂が次々と吊り上げられる莚袋《モッコ》に詰め込まれて上がってきては、捨てられ、再び地下へ引き込まれていく。これは近くを流れる小川の水車を利用して動力としている。

掘削周囲の土のぬかるみから白い蒸気が上がってきていた。

それを見て霊仙の顔の表情が赤く上気している。霊仙が大きな声で怒鳴った。

「だいぶ土の温度が上がってきた、あと半刻も掘れば源泉に突き当たるだろう。湧き出る水が熱くなってきたら地下で作業をしている者たちを引き上げよ！」

主任格の男が受けた。

「へいっ！（と、霊仙に頭を下げると、向きを変えて怒鳴る）おーいっ！　野郎ども、地下の奴らを引き上げる準備だ。用意しろっ！」

「は、は、は、そう怒鳴なくともよかろう、は、は、は」

「へい、すいません」

若者たち一同、おかしそうに大笑い。

「野郎どもっ！　笑うんじゃねえっ！」

霊仙もまた楽しそうに笑う。

×

やぐらを吹き飛ばし熱湯源泉が間欠泉となって一〇メートル以上も勢いよく噴出している。

温泉噴出の周りを、遠巻きに囲んで、若者たちが祝い酒を呑みながら把《わ》になって踊りに興じている。

幼児を抱いた女や、老婆の手を引いた女など、踊りの輪に飛び込んで踊っている。

夕日を浴びて赤く色づいた温泉部落の風景であった。

×

笹葉のついた竹と、枯れ枝で囲っただけの広い温泉風呂。

大池を掘って、瓦礫と膠で固めた湯槽に温度を調整した源泉が樋の口からこんこんと湯槽に注ぎ込まれ、溢れ流れて行く。

三十人ぐらいの老若男女の混浴である。

豊かな乳房の若い女二人が恥ずかしそうに湯槽に入ってくる。若者らがどっとはやし立てる。

×

霊仙が山道を下る。

春から秋へ、霊仙は一つの部落の開発に一年を費やしたが、それは霊仙にとって得難い修行の成果と言える。霊仙は心の充実を覚えながら、御在所岳を後にして更に北へ向かうのであった。

直という女

霊仙は、いつの間にか道が消えてしまった森の中で方向感覚を失っていた。

迷ったな。それでも止まっているわけにはいかない。歩く。

巨大な柱のような大木などが、梢の方で葉が重なり合って太陽光を遮断しているから、まさに昼なお暗い状態なのだ。一歩踏み出せば顔が柱にぶち当たる直前にあり、それを交わして前に出れば、額が大木の幹を直撃しかねない大密集林のなかで、一歩踏み出せば止まり、更に一歩を進めれば停止あるのみ。苦行の前進であった。

雲の切れ間からかすかな光が、縞模様の断層を織り出して帯状に走る。

鳥たちの声が聞こえる。風が通る。遠い前方で光の粒が渦を巻いて踊りだすように、霊仙を誘い招く。招いているのなら行くしかない。

突如として分厚い森林が終わった。

霊仙の目の前に緑の原っぱが広がったのだ。あらゆる草々が生えそろった牧草地のようなグランドだ。広さは一万三千㎡。ざっと四千坪。高校野球で知られる「阪神甲子園球場」の内・外野を合わせた広さに等しい。

霊仙は、目の前に展開する不思議な平原に目を見張る。鋭く切り立つように重なる連山に囲まれている峻厳な岩山の横っ腹に、大きな盆のような平地が広がっている。海原のように広がる草原では草が浪打ち、ウサギや狐が遊び、四、五頭の小さな群れの野生の馬が駆け巡っているではないか。吹き出す透明な湧水が溢れて草花が咲き乱れる湿原では、トンボや蛙やフナや泥鰌などの小動物らが遊び、小雁などが長閑に浮かんでいる。ほぼ円形な盆地の周囲は豊かな緑に囲まれた林となっており、鹿や猿の群れが豊富な木の実を齧っている。

霊仙は立ち尽くす。

姿勢を正し、深山幽谷の眼下に広がる奇跡の盆地に目を奪われる霊仙であった。

若く、野性むき出しの女が立っていた。

素肌に草の繊維で織りあげた袢纏をまとい、右手に細い木の鞭をもっている。伸びやかな姿態は精悍そのもので、左胸の豊満な美しい乳房を露わに突き出している。黒髪ロングは背筋まで届き、後ろできっちり束ねている。黒い瞳がかすかに笑みを含んでさわやかでもある。肩に懸けている篭には、草や、小さな赤い実が鈴なりになった枝や瓜のようなものが無造作に放り込まれている。

霊仙は丁寧に頭を下げて挨拶をした。

「霊仙ともうします」

「私は直（ちょく）」

「とがっている山脈の頂上に、突然こんな平らな草原が現れるとは、信じられない思いです。ここはどこなんですか？」

「ここは、鈴鹿山脈の南の端、伊賀の山といわれる油日岳から・・・笹ケ岳、・・・高旗山を過ぎ・・・・・北に歩いて五日。・・・それからさらに北西に向かって三日ぐらいかな・・・歩いたところにある銚子岳と藤原岳の間にある、鈴鹿山脈で最も奥深い見晴らしの悪い環境にある盆地です。方角としては、・・・近江の国、霊仙山の南側に当たり、四方は高い峰々がつながって・・・・と言うか・・・・人も通わない寂しい・・・・幽玄な土地で・・・銚子岳と藤原岳の間にある・・・・なんて言うか、とても見通しが悪い場所にある平らな草っぱらです。神様はこの盆地の名前を・・「ササハラ」と名付け人々に教えました」

直は、途中何回もつっかえたり、考えたりしながら、いまある盆地の場所を霊仙に伝えたのだった。

霊仙は、直の説明をしっかり受け止めて答えた。

「まさにこの地は天竺の霊鷲山（りょうじゅせん）、中国の五台山、峨眉山に並ぶ聖地として御仏が降臨されるに相応しい土地に違いありません」

「そうなのですか。私には難しいことはわかりません」

直は困ったような表情で笑って見せた。

「なんというか、この風景は夢のようです。鴨が泳いでいる池の水を馬が岸辺から首を差し伸べて飲んでいる。平和そのものです」

「お坊さんはおなかすいていませんか？」

「それもありますが、少し休みたいですね」

「それでは、直の小屋に帰って、食べて、寝てください。ではまいりましょう」

悪戯ぽく走り出す直。

負けじと後を追う霊仙。

直の揺れる乳房が美しい。

草原を一直線に走る直と霊仙の二人。

何事か？　と首をあげて走る霊仙達を見つめる動物たちの表情。

鹿？

猿！

蛙、水に飛び込む
鴨の群れが羽ばたく。

ウサギは耳を立てる。

直を追いかけるように並走する三頭の野生の馬。

直が、ひらっと裸馬に飛び乗る。

はっと驚く霊仙だが、ヒキネのガキの頃から裸馬には乗りなれている。その後ろを走る馬に飛び乗る。

その様子を見て頼もしげに頷く直。

走る。飛ぶ。駆ける動物たち。それを追う直と霊仙。

盆地「ササハラ」の行き止まり平地の深い緑の山に囲まれた岩場で馬を止める。直と霊仙が裸馬から降り、二頭の野生馬を放つ。

二頭の野生馬が五，六歩走るが、なんとなく止まって、霊仙と直を振り返りながら草を食べる。

「霊仙さまは・・・・」

「待ってください。霊仙様の様はいりません。霊仙と呼び捨てにしてください」

「そうですか、じゃ霊仙が裸馬に乗れるなんでおどろいた！」

「両親から三歳の頃から子馬を与えられて育ったのです」

「ちょっと都の人に意地悪してやろうと思って馬に飛び乗ってみたのだ。そしたら霊仙もパッと馬に乗ってついてきたので驚いた」

「私も直のお転婆ぶりにまごつきましたよ、は、は、は・・・」

霊仙が周囲を見回し、この盆地を囲む山々を眺める。どれも切り立つような絶壁はなく、なだらかな森林が登り勾配で山頂まで緩やかに伸びあがっている。

霊仙は「素晴らしい。なんと素晴らしい土地だ」

「ここでなにをしようとしているのですか」

「さあ、何をするか、何ができるか、今は何もわかりませんが、このような風景を自分の心の中で作れないものかと、考えていました。自然体の修行を出発させたい」

「自然体の修行？　直にはなんのことだかわかりませんが、凄いことがはじまりそう！」

霊仙と直が顔を見合わせて笑い転げる。

切り立った崖を分けて続く石道。昼なお暗い感じ。直の後について行く霊仙。

急斜面の瓦礫をぐんぐん登って行く直。岩肌から吹き出す清水。直が喘ぐように湧水に唇をつけ、ごくごく飲む。すらっと長い喉の美しさが光り輝く。霊仙は、見てはならぬものを見るような表情で直が飲み終わるのを待っている。

「ああ、旨い！　直の小屋は、洞窟の中にあるの。洞窟はもう目と鼻の先です。行きましょう！」

大きく頷く、霊仙の、直に対する愛おしさの表情。

見上げるように切り立つ真赤な崖。

直が行き止まる。

直が「あそこだ」と指差す。

俯瞰で、彼方に直の板葺の平屋が見える。

小さな里山の雰囲気。五本ほどの梅が家を囲むように咲いている。

家の前を小川が流れている。

その流れの岸側に真赤な岩壁に直径十メートルはあろうという洞窟がぽっかり穴をあけている。

急な坂道を降りていくと直の小屋掛けに近い家の前庭に出た。微かな梅の花の香りが心地よい。

家の周囲にはいろいろな果実が軒下にずらっと吊るされていた。小屋に入ると土間には生の泥だらけの実や根の塊が放り出したままだ。霊仙の気を引いたのは、部屋の片隅のむしろの上に乾燥されている薬草の種類の多さだった。霊仙は驚きの表情で直に尋ねた。

「この薬草を集めたのは直一人の知識なの？　どの草がどんな病気に効くとか、どの実が何に効くとかわかるのですか」

「とんでもない！　直にそんな能力はないよ。先生や薬屋の行商人が欲しがる薬草の絵とか、匂いの見本を渡されて山で摘み取ります。それをこうして陰干したり、草の根を湯がいて出来た液を土焼きの壺に入れて土に埋めたりして保存しておくと、先方の都合で好きな時間に受け取りに来てお金置いていきますよ。直はお金なんかいらないんだよね」

「そうか、それはいい！　でもお金は必要でしょう」

「金はいらないの。直は精進料理っていうか、自然のもの、野生のものだけしか食べないから」

「食べるものはいいとして，暮らしに布や皮だって要るでしょう」

「いいえ、うちの両親から教わって育ったので、動物をいじめることや苦しむことを与えることをしないようにしているの。皮や革は使わない。絹だって蚕だよ。だから布も使わない。草とか、木の皮とか、猿梨《サルナシ》の蔓はしなやかで篭や荷物入れの小折や「かずら橋」のような道作りの工事もできるもの。食べるものは野山の植物で賄えます。鳥や馬や豚、山羊などの肉類と、魚介類も食べない。山や原っぱで食べるものは何でも手に入る。「スダジイ」は炒って食べると美味しい、「カヤ」の実はそのまま食べてもいいし、寄生虫を殺してくれます。野生の「シバクリ」や「山栗」は、小粒だけどとても甘くてお腹いっぱい食べられるよ。「アケビ」は実を食べ、「オニグルミ」や「ツノハシバミ」は種を食べると脂分が多いから疲れが取れる。「ケンポナシ」は干したものを煎じて飲むと二日酔いの妙薬。「草木瓜・オオズミ・ヤマグワ・モミジ苺」たちはみーんな果実酒にしたら一冬、体をあっためることが出きますよ。「銀杏」は一年中保存がきく、便利な食料品です。すべてに感謝、感謝です」

「これは驚きです。は、は、は、直はそのまま今すぐにでも、いい坊主になれる」

「霊仙、餅栗のお粥が土鍋にあるよ、まだ少し温かいと思う」

「持ち栗は懐かしい」

「その栗は野生だよ。さっき霊仙と会った草っぱらで去年、集めたんものです」

「それじゃいただこう！　野生の餅栗！」

こんな直という女に会って、霊仙はうれしかった。


粥で食事をすますと、休む間も取らず、直の先導で霊仙が洞窟を進む。

進むほどに洞窟は狭くなり、高さも直と霊仙の背丈ほどになる。

どこからともなく漏れる光線で洞窟のなかは不自由なく歩ける。

更に進むと、俄かに視界が開けた。

まさに「みずかね（平安時代の水銀の呼称）」洞穴だ。

燃えるように赫い辰砂の塔が何十本も行く手にうず高く堆積している。

直径三メートルほどの大きさの池が点在している。その池の水は「みずかね」なのだ。

自然水銀そのものが溢れんばかりにたゆたっているのだ。

ガキの頃から、本家の「丹生丹抗」の首領の丹生八郎真人に叩き込まれて水銀鉱脈に通じてきている霊仙は、この稀有の豊富な辰砂の鉱脈断層と自然水銀の池の存在に瞠目して声も出ない。

霊仙の声なき声「ありえない！　百年掘りつづけても尽きることのない辰砂の鉱脈だ！　自然水銀の池なんか見たこともない！　まさにこれこそが宝の山だ！　この洞窟の辰砂の埋蔵量は百年の掘削にも耐えるほどだ」

もし、この情報を丹生八郎真人に打ち込めば、あの、「直の宝物の原っぱ」は勿論のこと、このエリア全体の自然環境の総ては一年を得ずして八郎真人の開発によって壊滅されるのは目に見えている。いかに八郎直人に恩があろうとも、霊仙には「直の王国」を金欲層に売り渡す気は全くなかった。

直の案内で、霊仙は洞窟の奥まった一角に連れて行かれた。

ここは洞窟・水銀池の畔に祀られている男女二体の入定ミイラ（木乃伊）が横たわっていた。

「これは！　なんとしたことだ！」

いつもは冷静な霊仙が興奮して思わず叫んだ。遺体は人骨ではなかった。霊仙がまだ実際には見たこともなかった即身仏遺体となった完全なミイラである。

「この池の光るみずかねを飲んだ私の父と母です」

更なる意外な驚きに霊仙は唾をのんだ。

「父と母は弥勒信仰の信者でしたから、弥勒菩薩が五十六臆七千万年後に再び下生《げしょう》するということを信じて生きたままお待ちすることにしたのでした。それで即身仏になる過酷な修行にはいり、穀物断ちによって体内の水分や肉体に残っている養分を外部に放出して、体を乾かし、腐敗菌が繁殖して肉体が滅びるのに抵抗したのです」

「この場所のこと、このご両親の即身仏のこと、誰かに話されましたか？」

「知っているのは私と霊仙だけ」

「賢明なご判断です」

直は続けた。

「両親の即身仏はまだ完成していません。いま直が作っているところですが、完成するまで、あと、二年はかかると思います。鼻先や、耳の淵に脂がたまって腐りかけています」

霊仙が間髪を置かず直に進言する。

「みずかねで鼻と耳を拭き、石灰粉をまぶし、お二人の体の周りを出来るだけたくさんの蝋の灯を絶やさずに囲み温めるのです」

この霊仙の判断が、千年後に立証されたのである。

深作光貞先生の記録によると地上入定の際、身体の周囲にろうそくの火を絶やさずにしておいたことでミイラ化した山形県鶴岡市南岳寺の鉄竜海上人（入定一八六八年）がある。こうした入定ミイラを日本では即身仏と呼び信仰を集めているという。

そして一年後。

霊仙は、直のご両親の入定ミイラの完成を成し遂げて下山していった。

遠ざかる霊仙を見送りながら、直は回想する。

「あたしの父と母は、この水を呑んで固まった。父母は来る日も、来る日も、毎日この光る水に濁った液体を混ぜ合わせて少しずつ飲み続けた。私をここに連れてきて、この水を飲めば幸せになるから、私にも呑めといったが、私は呑まなかった。両親の体から水分が蒸発し、体が乾き始め、目が見えなくなり、喉も干からびて声が出なくなったころ、私は両親に向かって、このままでは父さんも母さんもやがて腐ってしまうから、私が必ず二人の即身仏を作りあげてみせる！　と宣言したのでした。父と母は、いかにも安心したかのように、もう動かなくなった顔の筋肉を歪ませて微笑したようでした」

霊仙はこの二年間の「山岳信仰」の修行で何を得たかを想った。
何も得ていない。
何を与えたか？
何も与えることはできなかった。
何かわかったか？
なにもわかっていない。
霊仙にはその時、閃いたものがあった。
外に出よう！
日本を出て、唐へ向かうのだ！

※　※　※

この時代に「ミイラ」という言葉はまだ日本には伝わっていなかった。当時、永遠の「生」を念じ即身仏として、「入定」を実施したのが、中国から密教を招来した真言宗の開祖空海であった。が、その前に入唐し、中国を発祥とする大乗仏教の宗派としての天台宗本山に入門したのが最澄であった。

最澄はすべての衆生は成仏できるという法華一乗の立場を説き、奈良仏教と論争がおこる。特に法相宗の徳一との三一権実鯵諍論は有名である。論争の末、最澄の没後に大乗戒壇の勅許が下り、名実ともに天台宗が独立した宗派として確立した。

清和天皇の貞観八年（八六六年）七月、円仁に「慈覚」、最澄に「伝教」の大師号が贈られた。宗紋は三諦星。平安時代末期から鎌倉時代の初めにかけては、法然や栄西、親鸞、道元、日蓮といった各宗派の開祖たちが比叡山に学んだことから、比叡山は「日本仏教の母山」と言われるようになったのである。

唐大陸へ

村人たちの協力で、温州の小島から大陸に渡った霊仙は、峻厳な武夷山脈を越えて、現在の安徽省青陽県の九華山へ入山した。

会昌五年（八四五年）と後周（九五五年）の二度にわたる道教の破仏、そして、一九六六年から一〇年間にわたって中国文明の遺産を壊滅するに至った文化大革命の暴挙からも生き残った仏教伝統の聖地に、五台山、峨眉山、九華山、普陀山の中国四大霊山がある。

最澄、空海はそのいずれにも立ち寄っていないとされているが、奇しくも霊仙は、四大聖地のうち、ここ九華山と五台山の二つの聖地に関わりをもつことになる。

以前は、この九華山を里人たちは九子山と呼んでいた。

この山には、九十九の嶺があり、最も盛んな時代には前山九十五寺、後山二十九寺、全山で百二十四の寺があったという。現在でも七十以上の寺院が隆盛をみせていることからも、世界中から仏教信徒の巡礼がひきもきらない様子がしのばれる。

九子山を九華山と呼ぶに至ったのは、李白が捕らわれの身となって流刑地貴州省へ向かう途上、九子山を詠んだ詩によるものである。

「昔九江の上に在りしとき
遙に望みたり九華峰
天河、緑水にかかり
秀出す九芙蓉」

九華山には、標高一、三四二メートルの十王峰を筆頭に九十九の峰がある。

霊仙が、長い岩山の急斜面を登りつめ、主峰の尾根に立って見渡すと、深緑の山々に、奇岩、怪石が牙を剥きだすように突き出し、雲間に巨大な滝が乳白色の飛沫をみせ、末は竜姿のごとく清涼な流れとなって蛇行するのが望まれた。

「これが九華山か」

はるばるやってきた聖山に佇んで、霊仙は壮大深遠な眺望に時のたつのを忘れていた。

気がつくと、霊仙の頭上に冠さる奇岩の肩に、白く耿耿《こうこう》と輝く月があった。

「ここで寝るか」。夜露を凌ぐ大樹の下に座る。

どこからともなく現れた手長猿の群れが、霊仙を囲むようにして物珍しげにうろついている。木の枝に掴まるもの、岩かげから霊仙のようすを窺うもの、母親の乳房をまさぐりながら子猿が奇声をあげる。

霊仙は枯れ枝を集めて、その上に横になった。

年老いた猿が茱萸（グミ）のような木の実を差し出す。霊仙はその実を受け取ると口に含んだ。甘酸っぱい、とろけるような旨味が喉を潤す。猿たちが、霊仙の腰にのり、脚に座る。歩き疲れた霊仙の腰から脚にかけて、凝りをほぐすような軽やかな心地いい重みである。

この猿は、金絲猴と呼ばれ、哺乳網霊長目オナガザル科シシバナザル属に分類される霊長類で、別名ゴールデンモンキー、チベットコバナテングザルともいわれている。体長八〇センチ、尾長七〇センチ、体重はオスで十六キロ、メスは九キロ。標高一二〇〇メートル以上の落葉広葉樹林・針葉樹林などに生息する。一頭のオスと数頭のメスからなる一〇〇頭ぐらいの群れをなしている。名前のゴールデンモンキーとよばれるように金色の猿だ。

まどろんだのであろうか、目覚めると霊仙を導く金毛の猿がいた。

その猿が霊仙の手を取って走りながら「化城寺にはいれ」という。

霊仙が金毛の猿の後を追いながら細く長い吊り橋を渡る。吊り橋の下は雲に隠れてなにも見えない。頭上は切り立った絶壁が霊仙に覆いかぶさる。その絶壁の途中に巨大な祠があり、その祠の奥に石段が折り重なるように連なっている。金毛の猿が、その石段をひょいひょいと駆け登って霊仙をふり返る。霊仙が夢心地でついていくと、竹林の隧道を奥へ奥へと進み、やがて竹林の藪に囲まれた素朴な白壁の山門の前にでた。両端が反り返った藍色の瓦屋根の下に「化城寺」という額が掲げられていた。

ほう、霊仙が山門をみあげていると、ひとりの異相の僧がその山門からでてきた。その僧の肩に金毛の猿がとまっている。

異相の僧は霊仙をじっと見据えるようにして「あなたは日本国の方か」と、流暢な唐語で問いかけた。この僧は唐人ではない、と霊仙は思いながらかすかに頷いて合掌した。

痩身で背が高く茶褐色の肌色をもつ僧は、肩の猿を放すと柔和に合掌した。

大きく深い翠の瞳が霊仙の顔をのぞきこむようにみつめながら、体を近づけると高く尖った鼻梁をひろげて霊仙の放つ芳香を嗅ぐかにみえた。

「あなたは気高く美しい、なんという完璧な美しさであろう」

幼いころから自分の容姿をほめられることに慣れているとはいえ、僧の大げさな表現に霊仙は気恥ずかしさで身が縮まる思いをした。

「私をプォロメン（婆羅門）とよんでくれ」

婆羅門は霊仙の顔に口をふれんばかりにしていうと、両手をひろげて霊仙を抱くように庇いながら石段へ誘い、山門の奥へ案内する。

「私は、リュシェンと申します」。霊仙は声を細くして名乗った。

「おおリュシェン、リュシェンとは、これもまた心地よい響きの名前だ」

婆羅門はさもうれしげに躍るような足取りで、霊仙の前を歩いていく。夢なのか、現実なのか、霊仙は、そのまま化城寺に居つくことになる。

霊仙が入山した化城寺は、四十九年前、唐の至徳元年（七五六年）に建立されたばかりの寺である。初代釈地蔵の遺体を安置した場所で、地蔵塔ともよばれていた。初代釈地蔵というのはもともと新羅の国（韓国）の王族で名前を金という。諸国遍歴の末に九華山までやってくると、谷間に幽居した。たまたま土地の豪族、諸葛節が山に入り、谷間の石室に金が独りで住み白土と粟を食としているのを見て、その苦行ぶりに感服し、禅寺を寄進して住まわせた。それを金が二年を経ずして大伽藍にまで発展せしめた。この寺を、徳宗の建中元年（七八〇年）に刺吏、張岩奏が化城寺と名称した。

李白が流刑の途上、恩赦を得て、ここに立ち寄ったのが化城寺の落成した年であった。

ここで李白は「早発白帝城」（朝に白帝城を発す）という七言絶句を詠んでいる。

朝辞白帝彩雲間　あしたに辞す、白帝、彩雲の間
千里江陵一日還　千里のこうりょう、一じつにして還る
両岸猿声啼不住　両岸の猿の声、ないてやまざるに
軽舟己過万重山　けいしゅうすでに過ぐ、ばんちょうの山

朝早く、朝焼け雲のたなびく白帝城に別れを告げて、
千里も離れた江陵に、一日でたどり着いた。
切り立つ両岸では、猿がしきりに鳴き交わしているが、
その鳴き声が続いているうちに、船足の速い小舟は
重なった山々を通り抜けていく

詩仙と称された李白は、詩聖の杜甫と並んで中国を代表する大詩人であった。作品のスケールが大きく、天馬空を行くがごとく筆の運ぶにまかせて作詩したといわれているが、敵が多く、李白の晩年はその名声に比して薄幸にすぎる。

霊仙は、九華山化城寺の主管である呑運の許しを得て、金毛の猿を肩にのせた流転の修行僧でインド出生の婆羅門と名乗る男と同宿し、彼の修行に密着することになった。奇僧とでもいうべき婆羅門は呪術の才に長けており、霊仙は彼から呪術とサンスクリット（梵語）とヒンドゥ語（印度）の手ほどきを受ける。

霊仙の美しさに魅せられた婆羅門は、自分が持っているすべての密教に関する秘術を、惜しげもなく霊仙に伝導するのだった。

霊仙が奈良の興福寺で十五年ものあいだ修行してきた法相宗についても、婆羅門は更に奥深い知識をもっていた。

ある雨の降る一日、なにもすることのない霊仙が、沼に面した部屋から水面にひろがる雨跡の水紋の動きを、ぼんやり見ていると、婆羅門が相変わらず猿を肩に乗せ、両手に薬罐と紙袋をもってやってきた。

「珍しい茶が手に入った。こいつを呑みながら法論でも戦わすか」

婆羅門は猿を肩から放すと、茶葉を茶碗に摘み入れて湯をそそぐ。

「断崖絶壁にはえている野生の茶を、こやつに探させて摘んだ猿茶だ」

「ほう、それはまさに珍品ですね」

霊仙は天然の茶を掌にひろげて香りをきく。

「このままでは、さしたる香りはしないが」

「そうさ、これを呑んでみろ」

婆羅門がさしだす茶碗からは湯気にのって、えもいわれぬ香りがひろがった。

「これを呑むと、頭の奥が洗われる」

婆羅門は遠くをみるようにいった。

「心が洗われるということでしょうか」

同じように霊仙も、遠くに霞む雲の流れをみながらいった。

「そうだな、リュシェンがいえば心だ、わしがいえば頭だ」

「あたまは肉体です。それは心によって認識されるものに過ぎません」

「そう、リュシェンの法相宗はプラトンからきた唯識論だからな」

「プラトン？　それはなんのことです？　法相宗は天竺のダルマパーラの教学を玄奘三蔵が唐に持ち帰ったものと聞いておりますが」

「ダルマパーラは三〇〇年前の教学にすぎないが、その観念論はプラトンからきたものなのだ。プラトンの教学は今から一三〇〇年も昔のものだ。そのころから、唯識論はずっと霊魂による観念の産物で、所詮、空の世界に戻るとされている」

「その通りですが、その教学が一〇〇〇年も前からのものとはしりませんでした」

「わたしは、プラトンのいう教学に対照するデモクリトスの唯物論をとる」

「それはどういうことですか」

「霊魂と肉体を分離して考えることかな」

婆羅門は、茶をすすり、葉を口に含んで食べる。

霊仙は、わけのわからぬことをいう婆羅門に、いいようのない魅力を感じていた。

「それだけの深遠な知識をもつプォロメンには、怖いものなどありますまい」

「それが、知れば知るほど怖くなるから不思議なものよ。長安に行ったとき、リュシェンに紹介したいお方がいる」

「それは、どなたさまですか」

婆羅門は、うすく笑って「その方の名は楽しみにとっておけ」といった。

その人物が、唯物系統のインド僧、般若三蔵であり、後に霊仙の命運に深く関わってくる人物であることを、いまの霊仙は知るよしもない。

この頃、空海が長安で般若三蔵に梵語を習っていた時期と重なるが、霊仙が九華山から長安に入り、醴泉寺で般若三蔵と出会うのは、既に空海が日本に帰国してしまった二年後のことになる。

霊仙は、地蔵菩薩の道場で瞑想を深め、天然の緑地を割って落ちる飛瀑に打たれ、奇岩に伏し、怪石を枕として二年を過ごす。この地蔵塔にこもったことが、霊仙の晩年を宿す五台山での仏塔信仰につながっていくことになる。

日本で法相学の求道を学んだ霊仙であったが、いま、インド僧から呪術とサンスクリットを会得し、嶮岳峻峰に伏して純密の気配を身に孕んだ霊仙の容姿はもはや学僧の徒の青白い面影は消えていた。

長安

霊仙が各地を変遷したあと、婆羅門とともに長安へ入ったのは八〇七年の初夏である。彼が遣唐使僧として空海と共に唐に渡ったのが八〇四年、徳宗皇帝の時代だったから、長安に到着するのに三年間を要したことになる。

その間に、皇帝の徳宗、順宗と相次いで没し、現在は十一代憲宗の世になっている。

いま、空海は既に日本にあるが、橘逸勢らが帰朝報告をもって京へ上った後も、独り筑紫に残り、やがて太宰府から姿を消している。

空海の生涯で二度目にあたる謎の空白といわれる時期にあたっていた。その作為的な失踪には幾つかの憶測があるが、ここでは触れない。

霊仙は、たった今、長安の外郭正南門である明徳門に立って、朱雀門まで幅一五〇メートル、直線七キロに及ぶ朱雀街中央大道を恍惚としてみつめていた。

大道路の両側に広がる朱雀街には、吹雪と見紛うばかりの柳絮〔りゅうじょ〕が純白の羽毛のように風に舞っていた。霊仙の横に立つ婆羅門が、これほどの柳絮の乱舞をみたことはない、と感嘆の声をあげ、彼の足元に絡みつくようにくるくる舞いながら、明徳門の柱の隅に吹き溜まって、ひっそりと震える綿埃のようなものをみつめた。

「この美しいものはなんですか?」

「なんだ、唐に来て三年にもなろうというに、これを知らないのか」

「初めて見ます。仏頂山でも、九子山にもこのようなものは飛びませんでした」

「柳の種だよ」

「ほう、これが柳の種」

「そうだ、毎年このころになると風に乗って飛び回る。家のなかだろうと、ところかまわず入り込んでくる。だが、これほどに大量の柳絮が飛ぶのは俺も初めて見る。これは、リュシェン(霊仙)を帝都長安が迎えるにあたっての慶事にほかなるまい」

婆羅門の予見に、霊仙は微笑んで、飛び交う柳絮の彼方に霞む皇城を眺めた。

霊仙は婆羅門の案内で長安一の目抜き通りを朱雀門へ向かった。

往来の混雑に霊仙は目を見張った。

さすが、人口一〇〇万の大都市である。

大道路の両側には寺院と大邸宅が門を構え、その南北に通じる大道路に交わる東西の商業区には、西方の珍奇な物産が客を呼んでいる。朱雀門に突き当たって西へ、金光門へ向かう。五本目の朱雀街西第五街を北へ曲がると皇城西第三街に出る。その大通りをしばらく歩いた角で、婆羅門が立ち止まった。

その一角が禮泉坊となっている。

婆羅門は、その角の寺院の門前に立った。山門は幅六間の門楼で三階造りである。瑠璃瓦の屋根には黄金色の鴟が回され、両端は高く反り返り、先端の鳳凰は天に向かっていまにも飛び立とうとしている。棟、梁には極彩色な彫刻が精巧な技でほどこされ、白壁の山門には青花白磁の嵌め込みになった横額に醴泉坊醴泉寺とある。

「おお、ここがかの有名な醴泉寺ですか」。立ちすくむ霊仙を尻目に、婆羅門は案内も請わずに、ずいと中に入っていく。伴われて、霊仙もつづく。

赤塀にかこまれた寺内は大殿を中心に、堂、楼閣、房、窯を擁した雄大な外観の建築に霊仙は圧倒される。婆羅門の早足について三階建ての殿内にはいると、何十という部屋が続いている。後で知ることになるのだが、この建物には大小合わせて一六〇の部屋があるという。廊下を行く婆羅門が脚を止め、衣服を改めるように一瞬呼吸を整えると、霊仙をいざなって入った部屋は、暗く、冷気に満ちていた。よくみると、内壇には数知れぬほどの仏像が並んでいる。

そこで、寺主の般若三蔵に会う。

時に般若三蔵七十六歳。インドの北部カシミール出身で、異国の僧としては唐の政府から異例の優遇を受けていた。とくに徳宗皇帝の信頼が厚く、経典の翻訳にあたる訳経所の主宰長として賜紫三蔵の位にある。

般若は内壇を背にして、木製の長椅子に横になったままである。婆羅門と霊仙は、般若三蔵の前に座り、一礼に及ぶ。

「しばらくご無沙汰しましたが、あなたには、ことのほかご壮健でなにより。さて、本日は、日本の遣唐使留学僧のリュシェンを連れてまいりました」

婆羅門は礼儀正しく霊仙を般若に引き合わせた。霊仙は、静かに頭を下げ、平伏した。

「伏せったままで失礼しますぞ。最近、五台山からの長旅で戻ったばかりで、すっかり疲れてしまいました。歳をとるといくじがなくていけません。リュシェンよ、プォロメンに案内させますから、何年でも、気の済むまで部屋をお使いなされ」

と弱々しい口調で歓迎の気持ちを伝える般若三蔵の声は細いが、霊仙をみる視線は鋭かった。

「留学僧と申されたが、クンハイ（空海）と同じ船ではなかったのか？」

「おお、クンハイをご存じでしたか。それではやはりクンハイは既に当地に到着しておるのでございますか？」

般若三蔵はククッとすすりあげるように笑った。

「到着どころか、クンハイは既に長安を去って日本へ帰りましたぞ」

「まさか！　いや、クンハイは私同様、二〇年滞唐の留学僧でございますから、二年、三年で帰国すれば国禁を犯す大罪となりましょうに」

「そのようなことを申しておったが、クンハイは一年三ケ月で、もはや目的は達したと申して、この長安を後にしました。さぞ、今頃は日本国で羽を伸ばしておりましょう」

「それでは最澄（ツィトゥ）と申す者も・・・・・」

「いや、ツィトゥという僧は長安には来られなかったようじゃ」

「さればツィトゥは、海の藻屑となられましたか」

「そうではない。ツィトゥは、長安には参らず、明州に着いて天台山に登り天台宗の体系を得たときいたが・・・詳しいことはわかりませぬ」

入唐した最澄が帝都長安を見ず、ましてや時の皇帝、徳宗に拝謁することなく帰国してしまったことが、後に、最澄自身の人生を大きく狂わせることとなる。

「クンハイも私同様に未だ修行の身にございましたが、ツィトゥは既に日本においては内供奉十禅師の位にあり、別格の身分にて入唐したのでございますれば、長安に参らなかったのは残念なことでございます」

「そうであれば、ツィトゥなる方は、天台山から足をのばされ、この都へおみえになられた方がよかったかもしれないな」

まさにその通りであったが、日本天台宗の宗祖である最澄は、未だ雑蜜しかなかった当時の日本では密教が不備であることを憂い、密教を含めた仏教すべてを体系化しようと考え、順暁から密教の灌頂を受けて持ち帰ったのだ。しかし最澄が帰国して一年後に空海が唐から帰国すると、自身が唐で順暁から学んだ密教は傍系のものだったと気づき、空海に礼を尽くして弟子となり密教を学ぼうとしたが、次第に両者の仏教観の違いが顕著であると気づき決別したのだった。

般若三蔵はやや苦しげに途切れがちな息づかいで喘ぐようであった。

「あなたさまのお体から血が漏れております」

霊仙は般若の様子をみていたが、首を傾げるようにしてヒンドゥ語で明確に断定した。

般若は、霊仙の流暢なヒンドゥ語に表情を改めて、般若も母国語のヒンドゥ語で応答した。

「わしの体から血が漏れるというのはどういうことです?」

「お歩きなさいますと、息がきれ、動悸が早まり、自然と歩みが遅くなりましょう」

「疲れではないのか」

「いいえ、お疲れだけではございません。お体の腑から血が流れ出し、便によって体外に漏れているものと考えられます。それが原因で体中の血が貧しくなられております」

「便には血などは混じっておらぬが・・・・・」

「失礼ながら便が黒くなっておられませんか?」

「いかにも、この一年ほど、便が黒くなっております」

「瞼が白く、唇の色も淡くなっておられます。さぞ、臍のあたりが、時折、お痛みになられましょうに」

「いかにも」

「先ずは、腑内の血止めをされねばなりませぬ」

「腑内の血止めと申されても、どうしたらよいものか・・・」

般若三蔵は掌で胸をさするようにしながら心細げに霊仙をみた。

霊仙は、婆羅門に視線をあずけた。

婆羅門は、「よう診たなリュシェン。お前の診察したとおりだと思う」と、般若三蔵に顔を向けながらいった。

霊仙は静かに目を閉じると、じっと般若三蔵の体全体をイメージするかのように息をひそめる。

「先生の体内からの出血は、一ケ所ではなく、お腹の全体から出血しています。今夜にも薬を調合してお持ちいたしますので、これを毎日、食事がわりにお飲みください。十日の間は穀物をお断ちくださいませ。十日で血は止まり、ひと月で全快されましょう」

霊仙の確固として自信に溢れた診断を快く受け止めたのか、般若三蔵は微かな笑みをうかべた。

この日の面接で、霊仙が般若の健康に立ち入っていなかったならば、般若三蔵は時経ずして入滅していたことであろうし、そうなれば般若三蔵の保証によって、後に霊仙が訳経所に迎えられ、『大乗本生心地観経』八巻の翻訳筆受としての歴史的な大仕事を完成することもなかったといえる。

その夜、霊仙が般若三蔵のために調合した薬局方は次のようなものであった。

陳皮（南部産の蜜柑の果皮）、桂枝（楠木の樹皮）は胃の炎症を防ぎ、鎮痛に用う。茴香（芹の実）、柴胡（サイコの根）は消化を助け、中枢の抑制と消化性潰瘍の防止に効あり。そして艾葉《ガイヨウ》（山よもぎの若葉）、地黄（ゴマノハ草の根）は血液凝固抑制のインターフェロン誘起作用として用いた。

霊仙の見立てがよほど確かなものだったとみえ、般若三蔵の容体はみるみる持ち直し半年で全快をみた。

健康を取戻した般若三蔵が、漢語、梵語、ヒンドゥ語を自由に駆使することのできる霊仙に強く肩入れしたのは当然といえる。

やがて霊仙は、般若の主宰する教典の翻訳専門部署である訳経所の正式所員として推薦されることになったのだ。

霊仙の語学は、才人と言われた空海のそれを遥かに上回る実力であった。

やがて霊仙は、般若の主宰する教典の翻訳専門部署である訳経所の正式所員として推薦されることになるのだが、いま現在の霊仙の心情はクンハイ（空海）に先を越されたことへの焦りのほうが募ってしまう。

長安に滞留することたったの一年三ケ月で、空海になにができたであろうかと思う。

聞けば空海は新昌坊青龍寺の恵果阿闍梨から、恵果一千人の弟子を差し置いて、真言密教の灌頂を受けたという。

それも、金剛界と胎蔵界の両部の伝法をことごとく継いだのだった。

信じがたいことである。

当時の密教が、唐において道教の圧力のもとに逼塞した形であったにせよ、大唐の密教の本山が、すべての権利を外国人の空海に、独占的に譲ってしまったと考えていい。

しかも、真言密教の正嫡となった空海は、間もなく入滅した恵果を弔うや直ちに日本にたち戻ってしまった。いわんや、日本国家が空海に命じた二十年の留学期間を無視した行動だ。いかに恵果が、空海をして一日も早く日本に立ち戻り密教の布教を促したにせよ、恩師に報いていくばくかの年月をご奉公すべきであると、霊仙は空海の傍若無人な独りよがりに憤りを感じるのだった。

霊仙は、空海の凄まじいまでの幸運に打ちのめされた。

幸運なのか強運なのか、霊仙はしばらく空海が長安にとどまった日々を追ってみようと思った。

小柄な霊仙は長安の街並を歩いていても、目立つことはなかった。だが、霊仙の歩調は軽やかで滑るように進むのだ。修行で鍛えた体は鞭のようにしなやかできびきびしている。

青龍寺がある新昌坊の区域一帯は、ひろびろとした小高い丘陵となっている。初夏の陽射しのなかを霊仙はゆっくり、なだらかな坂を登っていく。

青龍寺の山門を覆う緑の樹々の隙間を縫って流れる微風が頬に爽やかである。

この日、霊仙は青龍寺の急な石段をみあげて、この寺こそが、事実上は恵果猊下時代を最後に破仏となり、密教の歴史を塗りかえた殿堂なのか、と、感慨深く黙祷を捧げていた。

石畳の参道の木影に筵を敷いて座机の上に頭陀袋を並べ、青龍寺に詣でる信徒のためにその袋を与えている娘がいた。

娘が手渡している袋には、仏門で頭陀の修業をする僧が身につける三種の道具をなぞって、菓子などの供物を入れてある。

娘は栗毛色の長い髪を後ろに束ね、小柄な体を包んでいる衣は、華やいだ朱鷺色の絹地で、粗末なものではない。参道から石段に登る信徒たちが声をかけると、娘は声のする方へ頭陀袋を差し出すのだが、その碧い瞳には光が差し込んでいないようで、娘の探るような表情から盲としれた。西胡人の血が混じっているのか、娘の白い肌は、緑の葉を透うしてくる木漏れ陽に映えて美しい。霊仙がたたずんだまま暫く娘の姿にみとれているると、それと覚ったのか、娘が霊仙の方へ顔をむけて微笑んだ。

「あなたもこれがほしいのですか？」

霊仙は娘に一歩近づいて頭を下げた。

「私は海の向こうの日本という国からやってきた僧侶でリュシェン（霊仙）というものです」

それをきくと娘は、声をつめるように体をかため、緊張が背筋を走り抜けたように身震いした。日本国という言葉を聞くや鋭く反応した娘の様子から、霊仙は、この娘が空海となんらかの関わりがあるのではないかと考えた。

「もしかして、あなたはクンハイをご存じなのでは？」

霊仙がたずねると娘は小さく首を振って、霊仙の声をたぐるように立ち上がった。

「そうではありません。日本の人と聞いてあまり長安の言葉がお上手なので、まさか外国の方だとは考えられませんでしたのでびっくりしただけです」

霊仙はこれ以上、娘の心に立ち入らないように気遣いながら話かけた。

「私は日本を出港してこの地、唐をめざしましたが、途中、嵐のために遭難し、漂着した南の海岸から各地を転々としながら、三年目にしてやっと都に辿り着いたばかりです。いまは醴泉寺に寄宿しておりますが、これから十七年間、この地でお世話になりますのでよろしくお願いします」

霊仙は娘の想いを邪魔しないように、静かに青龍寺への石段を登りかけた。

その気配を察知すると、お待ちくださいリュシェンさま、と、娘は中腰になって、手早く荷物をまとめはじめていた。

「お待ちください」

荷物を片腕にさげると、霊仙の方へ体を寄せるようにして「わたしは小玲（シャオリン）、初小玲《チュウシャオリン》といいます」と、やや元気を取り戻した声でいった。霊仙は登りかけた石段から足をおろすと小玲へ振りむいた。

小玲は霊仙の袖につかまると表情をやわらげて「雨が降りますよ」といった。

「まさか」

霊仙は空をみた。かすかな雲が漂っているだけの青空である。

「小鳥たちがそういっています」。小玲は小さく笑った。

「シャオリンは小鳥の話がわかるのか？」

「ええ、小鳥たちは、もうすぐ物凄い雨が降ると囁き合っています」

小玲は悪戯っぽく微笑むと、近くですから、私の家で雨宿りをしましょう、と霊仙の背中を押すのだった。小玲は、近い、といったが、娘の家までには朱雀街東通りを西へ向かって東市を横切らなければならなかった。

小玲の家は西市を割るように流れる川を渡った興化坊の繁華な商家が立ち並ぶ一角にあった。「初筆」という筆商で、間口五間はあろうかという大店である。

よほど小玲をだいじに育てているとみえて、霊仙を客間に通すと両親が揃って挨拶に出てきた。

「シャオリンがご無理にお連れもうしたのでございましょう。ご迷惑でございませんでしたか、一人っ子のせいか、寂しがりやで」。いとおしさが両親の満面にあふれている。

父親は初海波、母は玲妹という。

ああ、やはり小鳥が「雨が降る」と教えているという話しは自分を家に誘う口実であったかと霊仙がひとり合点していると、急に表が騒々しくなるとみるや叩きつけるような大粒の雨音が耳をふさぎ、庭の池面が真っ白に泡立った。

「ほらほら、ほら、ご覧なさい」と、いかにもおかしそうに小玲は手を叩いて笑った。

「小鳥たちの言った通りに雨になったでしょ」

「まことに」霊仙もつられて笑う。

両親は、こんなことには慣れているものとみえ、霊仙に茶菓子を勧めた。霊仙は合掌して茶を啜る。いかにも甘みのゆたかな、香りたつ上質の茶であった。高価な茶であることはわかる。「これはまた、結構なものです」。霊仙が感嘆すると、母親は頭を下げただけで格別に茶の自慢をする風もなかった。

雨はあがっていた。暗かった庭先から、新しい光が差し込んだ。

霊仙は気がついた。青龍寺からの帰途、小玲の瞳の動きに不審をもった。

彼女の瞳は死んでいなかった。心が病み、心が瞳を閉じさせているだけに違いない。

霊仙には小玲の瞳に再び光を通す自信はある。小玲が何歳の時から目がみえなくなったのか、その動機がなんであったのかを知らねばならない。しかし、それもまた急いではならないのだ。

「目がご不自由のようですが、この次にお会いした時にゆっくりお話しいたしましょう。

雨もあがったようですから、私はこれで失礼します」。霊仙が帰ろうとすると、小玲と両親が晩餐を勧めた。

それを固辞して霊仙は表へでた。

霊仙を見送る小玲の肩先をかすめた燕が、雨上がりの街を軽々と旋回する。

夕映えの空を舞う燕を、来年の春には小玲の瞳がとらえるようになるかもしれない。

小玲の目はかならず自分が治してみせよう。

それが、小玲にとってどんなに幸せなことか、ましてや初海波、玲妹、両親の喜びはいかばかりであろう。

振り返ると、紅色の夕陽に浮きでた大店の前で、霊仙を見送っている小玲と両親の小さな影に、霊仙はふかぶかと頭をさげて合掌した。

薬子の変と嵯峨天皇

一方、空海は日本へ帰ったとはいえ、在唐二十年の留学生の身分を無視して、二年で帰国した闕期《げつご》の罪《つみ》にとわれた。橘逸勢も同じ罪に該当するのだが、貴族階層のために罪にとわれることはなかった。

平安京大内裏（総理府）は外観からは想像もつかない難題を抱えていた。

時に、大同元年（八〇六年）十一月。

平安京・西堀川は、米のほか綿、木綿、生蝋、晒蝋、海産物、鉄、砂糖、塩、茶、蜜などを運ぶ川船の行き交う賑わいで活気に満ちていた。満載の荷物を積み込んだ一二艘の「川舟輸送団」が、悠然と連なって西堀川を上ってくる。荷の積み下ろしで喧噪を極め、賑やかな港である。そこへ十二艘の川舟が続々と到着する。港の詰め所で川舟の船団を待つ数人の官吏と判官高階遠成《たかしなとうなり》のみ床几に坐っている。

第一舟が到着すると、乗り込む官吏たち。

この大量の荷物は、空海が長安から持ち帰った逸品ばかりだ。高階遠成は、空海が書いた御請来目録《ごしょうらいもくろく》と併せてこの品々を平城《へいぜい》天皇に献上する手続きを取らねばならないのだった。

その頃、空海は太宰府の松原海岸の松林が続く砂浜を散策していた。

漁民の家族たちが総出で、賑やかに地引網を曳いている。

空海は昨夜に届けられた高階遠成の書面を反芻する。

「本日到着した請来目録など一式を受取り、時機を見て平城天皇に閲覧賜りますよう取り計らいます。薬子尚侍さまをはじめとした主だったものが拝見しましたが評価定まらず、比叡山延暦寺最澄殿を呼び鑑定を依頼いたしました。貴殿の闕期《げつご》の罪《つみ》についても暫時、ご沙汰をお待ちください」

ふと立ち止まる空海。「(自分に言い聞かせるように)暫時沙汰を待て、か。これは少し長い時期を待つ覚悟が必要のようだな・・・」

足もとに打ち寄せて、さぁーっと曳く緩やかな波。

なすこともなく、それを見ている空海の寂寞感に満ちたた表情があった。

貴族である橘逸勢は大宰府に着くや、直ちに平安京に戻ってしまった。平民の空海のみは、平安京に戻ることを許されず、大宰府に留まって朝廷からの沙汰を待たなければならなかったのである。

天を睨み、きりっとした顔つきで決意を新たにする空海。

「生きるということは、生まれてきた身分で決まるものであってはならないのだ！　これから私は、天皇家や貴族の命によって仏教を完成に導くことになるだろう。しかし、私のまことの仏教修行こそは、衆生救済の完遂にある。人々を真の救いへと導くために多くの先人たちが命をかけてきたのに、天皇家が民衆の苦しみを顧みず、いたずらに権力争いに血道をあげている場合ではない！　ああ、今や人間の存続すら危ぶまれる時代に入ってしまったのは何故か！　私は、この身を衆生を救うことに費やしたい。人間は行いで救われるのだ。行動することの大切さを伝え広めなければ大衆を救うことは出来ない。そうだ。こんなところで落ち込んでいる場合ではない」

空海は、太宰府を出て四国に向かって旅立った。ひとり旅である。時間は、たっぷりある。空海は、身綺麗な旅装で微塵の旅疲れも感じさせない気ままな風情の旅とみせた。

空海が、嵯峨天皇に許されて平安京へ呼ばれるまでの三年間を、どこでどう過ごしていたか、歴史上の記録にはなく、空海の生涯における第二の空白期とのみ記されている。

平安京内裏、平城天皇の執務室の昼下がり、平城天皇（三十二歳）が座っている机の前に薬子尚侍《ないしのかみ》（四十二歳）が寛いだ姿で膝を崩している。薬子の、実の娘である温子の夫、平城天皇と不倫関係にある妖女だ。

「今日は、空海からの土産の陸揚げに立ち会ってくれたようだが、疲れたであろう」

天皇からの慰めを柔らかなしぐさで受ける薬子には、しなやかな色気がある。

「たいそうな量のガラクタでございましたこと」

「は、は、は、そなたに代わってもらった故、私は見ないで済んだが、ガラクタはひどかろう」

「二十年の留学僧が二年で逃げ帰って来た罪を誤魔化すための献上品と偽り、唐の古道具屋あたりで集めたガラクタとしかみえませぬ」

「それにしても請来目録は見事な筆であったのう」

「確かにみごとな筆跡でございました。されど、密教の七代目恵果阿闍梨から、その名もない留学生の空海とやらが八代目阿闍梨を継承し、灌頂を受けたとは信じがたいことでございます。それに聞くところによれば、未だ三十三歳の無名の僧侶とか。そのような僧侶が密教の伝承者となれるものでしょうか?」

「うむ、すでに先年一足先に帰国した最澄が持ち帰った仏具や経典もあることだし、はたして空海の目録にあるような大層な物かどうかのう?」

「最澄に確かめられた方がよろしいかと・・・・」

「そうだな、最澄を呼ぼう」

「そうなさいませ」

比叡山延暦寺の全山、根本中堂・東塔・西塔・横川三塔・十二谷のことごとくが夕景のなかにある。一乗止観院(現在の総本堂根本中堂)に通じる参道を、伝教大師最澄上人(四〇歳)が弟子の泰範(二八歳)と連れ立って庫裡に向かって歩いてくる。さすが両名とも修行者らしい速足である。泰範は背中一杯の、朝廷から預かった荷物を背負っている。

青い苔が絨毯を敷き詰めたように広がる参道。夕景。

庫裡の部屋に最澄がくつろいで座る。泰範が大荷物を下ろし部屋の隅に置いて最澄の前に坐して平伏する。

「お疲れ様でございました。猊下におかれましては、宮中での薬子尚侍様とのご対面にはさぞ気疲れの多いことではなかったかと拝察いたします」

最澄は苦笑いで、「そうだのう。天皇様とは気心も知れておるが、薬子様はまた格別に気忙しいお方だから、ちと気遣いせねばならず、疲れるお方かもしれぬ。それにしても空海殿に対しての偏見は相当に強いものがあったのう」

「さようでございました。空海さまが闕期の罪をお認めになりながらも、請来物の価値の高さを強調されたことが、薬子尚侍様のお気持ちを逆なでしたことになってしまったように感じました」

「そうであった。空海殿もいささか請来物の宣伝が過ぎたかもしれぬが、薬子様もあれほど空海をあしざまに言わんでもと、思わられなくもない」

「ごもっとも」

「ざっと一部を拝見したのみであったが、空海殿のご請来目録も請来物にしても、かなりいいもののように思われたが、ひょっとすると歴史に残るほどのものかもしれない。とくと検証させていただこう。泰範よ、早速だが荷のなかからご請来目録を出してくれぬか」

泰範が一礼し、荷をほどき、中から空海が天皇へ上奏した請来目録を取り出すと恭しく最澄に差し出した。

受け取ると、最澄は机に向かい早々に請来目録をひもとく。

樹齢百年を超す杉の老木の黒い幹に囲まれて、庫裡の窓が淡い灯でほんのり明るく見える。

最澄が空海の御請来目録を書写している。


四国へ旅立った空海。どんな身分でも仏の前では平等だという意識から空海は袖のある白衣で旅を続けていた。白衣の背中には、長安の青龍寺で頂いた〔南無大師遍照金剛〕を空海自ら署名した文字が躍っていた。それと空海が修業中に考案した木製の金剛杖に、菅笠という簡素な旅装であった。

阿波の港・弁夜戸《むやと》桟橋。現在の撫養《むや》港《こう》に到着した帆船から降りた。那賀川は、滔滔と流れるきれいな川だ。その川の堤を歩く空海。

霊山寺山門（仁王門）は、二階建て入母屋造りの楼門であった。この寺は天平年間に建立され、七十年を経た古い寺だが活気のないなんとなくさびれて薄汚れた感じの寺である。

一礼をして山門をくぐる空海。

本堂は拝殿のみの構造だ。空海が上り口で「般若心経」を唱える。

奥殿より当寺の住職である瑛乗（六〇歳）が現れて、読経の空海の前に座る。

平安京大内裏の外壁は吹雪に覆われている。

天皇の住まいの内裏の寝所では平城天皇が床に臥せている。

皇女温子（二四歳）と長男良正《らしょう》（十歳）が平城天皇の枕もとで遊んでいる。良正は後に皇太子高岳親王となり、空海の弟子「真如」となった皇子だ。

「今年の初雪は少し早いようだのう」

「きくところによると昨年より二十日余りも早いということです」

「今日は空海から届いた請来目録について最澄を呼んで、会議をすることになっているのやが、この雪ではさぞや最澄も難渋していることだろうのう」

「そのことならご心配には及びませぬ、最澄様は昨夜のうちにお着きになって、こちらに泊まっているようでございますよって」

「うむ、この体では会議に出ることは叶わぬ、薬子に任せるによって、そのように伝えよ」

「（嬉しそうに）その方が宜しゅうございましょう。母上にお任せなされればうまく事を運んでくださいましょうから」

「そうであろう。どうも冷え込むせいか背中が痛む」

良正がチョンと立ち上がるとちょこちょこ走って天皇の背中をさする。

「ああ、ありがとう。いいきもちだ・・・・」

天皇は目を閉じて眠りにつく。

温子、ふと幸せを感じるように微笑。良正はむきになって父の背をさすり続ける。

裏庭の築山のなだらかな斜面に、今もなお、さんさんと降り積もる雪。


天皇の行政庁である大極殿の会議室。

正面に平城天皇が座る一段高い簾内。空席で座主を待つ。御簾は巻き上げられている。

右手側に高階遠成と橘逸勢。その後ろに筆記係り二名が書記机についている。

左手に最澄と弟子の泰範が坐す。

暫時、時が止まり沈黙の場面。

薬子尚侍《ないしのかみ》が素早い動作で入室して着座すると同時に後ろから参議の藤原仲成《なかなり》（薬子の兄）が薬子の斜め後ろに座る。

平城天皇のお出ましを予想していた高階遠成以下四名の戸惑いの表情。

薬子は尚侍の盛装ではあるが、四二歳とはとても思えぬ妖艶な姿態が匂うばかり。

薬子が口を切る。

「帝《みかど》におかせられては所要があってお出ましが叶わぬので私が承ることになりました」。薬子は高階遠成を無視し、最澄に向けて「大雪のなかご苦労でございました。はじめられよ」

最澄と泰範が低頭して、高階遠成の顔色をうかがう。

高階遠成が、そなたから申し上げよ、といいたげに顎をしゃくる。

最澄は、「過日ご下命たまわりました空海殿よりの御請来目録、および一部請来品を拝見、検討いたしましたところ、すべて新来の貴重なる逸品にて、密教の本髄を唐より持ち帰りましたこと間違いございませぬ」

「そなたがそのように申されるのであれば、その通りでありましょう」。高階遠成に向き直り、「して、高階殿はどのような考えですか?」

「されば、空海殿を京に呼び、彼が長安において当代密教七代の恵果阿闍梨から、伝法阿闍梨灌頂を受け第八代密教継承者として帰国した功を認め、然るべき処遇を致すが宜しかろうと考えております」

「橘殿も同じ考えですか」

「空海殿について申し上げるならば、最澄様と同じ遣唐使船に乗り合わせる幸運に恵まれたとはいえ、一介の留学生でしかなかった空海が意図して、あるいは望んで、そうなったのではございますまい。彼が長安に着き、西明寺で不空三蔵の新しい密教を発見し、般若三蔵に梵語を学び、恵果阿闍梨に出会うという状況のなかで少しずつ自分の運命というか、方向がわかってきたのだと思います。彼は唐国の密教が時代の先端にある精神だということを知らないうちに引き継ぎ、その最も先鋭的な表現者になる人物は、どの時代にもいるものだと思います。空海はそういう人物のひとつの典型だといえるのではないでしょうか」

「そういう意味で空海の請来目録を読めというのですか」

「さようで。つまり密教の源を突き止めようという思いに駆られながら、やみくもに自己探求の道を歩んでいた一人の青年が、長安で初めて自分に与えられた歴史的使命のようなものを自覚したことを、帝にご提言しようとして書かれた文章としてお読みいただくのが宜しいかと思います」

「さすが文人として名高い橘殿、あなたの申されることに一理あるとは存じますが、二〇年の留学生がたった二年で帰国した闕期の罪についてはいかがですか？　空海は『闕期の罪、死して余りあれども』と自白し、その罪の重さを彼自身も認めているが、その処分はいかに？」

「それにつきましてはいささか事情がございますれば・・・・」

藤原仲成が薬子の後ろから鋭く割り込む。

「事情はともあれ、空海自身が罪を認め、死して余りあると申しておるではござらんか！」

「『参議さま、それはそのあとに続く、ひそかに難得《なんどく》の法を生きて請来せるを喜ぶ、という文章の意味を強調するための修飾語ともいうべきものでございますれば・・・・・』

と橘逸勢が食い下がる。

かぶせるように、「まさにその通りで、事情とはこうでござる参議殿。つまり、空海殿は二〇年の留学僧であり、橘逸勢殿も二〇年の留学文官でございましたが、奇しくも二人は一四代の皇帝になられた憲帝から書道を通じてご寵愛を受け、空海殿は、恵果阿闍梨の葬儀の際の碑文を皇帝自ら命ぜられるという破格の名誉をいただいたのです。そこで本題に及びますが、空海殿は唐国第八代の密教継承者となり、恵果阿闍梨から急遽日本への帰国を命ぜられたことから憲帝に帰国の嘆願書を提出し、橘逸勢殿ともども憲帝の帰国許可をいただいて帰国したものであり、空海殿の書かれた『闕期の罪』なるものは一種の謙遜の意味での表現としてご理解たまわりとうございます」

藤原仲成が受ける。

「唐国を出るには皇帝の許可が必要なのは当然だろうが、だからといって日本が決めた在唐期限の二〇年を無視してよいものではない」

薬子が毅然として、

「参議殿の言われる唐国は唐国、日本は日本という道理もありましょうから、この件は後ほど帝にご判断を仰ぐということで預かりといたします」

高階遠成が受けて「しかるべく・・・・」

薬子が最澄に向き直る。

「最澄殿にお尋ねいたします。御坊は先ほど、空海が持ち帰った密教の請来は我が国にとっては初めてのものだと申されましたが、御坊は唐から帰国された去年の九月、亡き父、桓武天皇のお望みによって、わが国では初めてとする密教の灌頂をおこなっておいでではありませんか」

「いかにも。延暦二四年九月一日に桓武天皇のご命令により高雄山寺で密教の灌頂を行いました。これが日本で行われた初めての灌頂でございます」

「それならば、すでにわが国には御坊が密教を持ち込まれているわけですから、今更密教について空海の請来を受ける必要はございますまい。いうなれば空海の密教は二番煎じでありましょう。それなのに自分が持ち帰ったものが得難く貴重な物のようなもの言いは自己宣伝としか聞こえませせぬ」

「空海殿としては、初めて宮中への請来目録の提出でございますから、いささかの気負いはございましたでしょう。尚侍さまがおっしゃられることもわかりますが、あながちそうでもございませせぬ。と申しますのは、私はこの度、唐の首都長安へは参らずに帰国いたしました。しかるに空海殿は長安にて玄奘三蔵が訳した経典ではなく、天竺僧の不空三蔵が百年前に持ち込んだ天竺の言葉、つまり梵語を原典とした蜜教を第七代密宗伝承者の恵果大阿闍梨から継承して参ったのでございます」

藤原仲成が後方から取って、

「それは空海が承継した密教が新しく、御坊が持ち帰った密教が古いということでござるのか」

泰範が床に両手をついて深々と低頭して薬子に向かい。

「差し出がましゅうはございますが、猊下に仕える者として私からお答えいたしましてもよろしいでしょうか」

今まで気づかずにいた僧をじっとみつめてから、薬子は穏やかに「お話しなさい」

「申し上げます。密教について言うならば、古いとか新しいということはございませぬ。もとは一つ、天竺にございますれば。されど、天竺僧不空三蔵が母国の梵語による教典の伝承を一〇〇年にわたり普及させたことにより、今、唐国の密教は天竺の言語である梵語によって統一されたということでございます。これは先年、三〇年の修行を積まれて帰国された永忠様からご教授いただきましたことですが、今、第八代の密教伝承者となられた空海さまの御請来目録は重く受け止められるべきものと考える次第でございます」

最澄が後を拾い。

「尚侍様、参議様、今この者がお答えいたしました通り、空海殿の請来目録の取り扱いにつきまして、更なるご理解を賜り一日も早いご決裁のほどお願い申し上げる次第でございます」

「帝におかれましては急なご用務が山積みです。この件、暫くは預かり置くことになるでしょう」

薬子が立ち上がると同時に、強烈な稲光と雷鳴。

立ちすくむ薬子。

高階遠成以下一同低頭している。

薬子は立ち直り泰範に視線を落とし、「そなたの名はなんと申すか」

「はっ、比叡山延暦寺に仕えます泰範と申しまする」

薬子は雷鳴の余韻で硬直した凄味のある表情に笑みを浮かべて、

「泰範と申されるか、しかと覚えておきましょう」と、意味ありげに笑みを残して立ち去る。

後に続く藤原仲成。

阿波の国、霊山寺の内庭に面した住職の部屋。空海を上座に、住職の瑛乗が下座に座っている。

空海は大きく偉丈夫な体躯を折り曲げて挨拶したうえで語りだした。

「この度、入唐いたし、長安『青龍寺』の恵果和上より両部灌頂を賜り、真言の秘法を悉く伝授され帰国いたしました」

瑛乗は六十歳を超した穏やかな住職であった。

「お噂は篤とお伺いいたしております。ご成功の段、お慶び申し上げます」

「若輩者ではございますが、なにとぞよろしゅうおねがいいたします」

「して、この度の御来訪は誠に光栄のかぎりでございますが、当方のような貧乏寺にいかなる趣旨でお越しでございましょうか?」

「お願いがあって参上いたしました」

というと、空海がかたわらの物入れから紙包みを取り出し、瑛乗の前に差し出した。

「些少ではございますがお布施としてお納めください。と申しますのは、七十年前の天平年間に聖武天皇の勅令によって行基菩薩《ぎょうきぼさつ》が開創されたと伝え聞く由緒ある当、霊山寺において、拙僧に「阿波」「土佐」「伊予」「讃岐」の衆生救済国家安寧、四日間の護摩法要を開示させていただきたいのでございます」

「(布施を押し頂いて)過分と思われるお布施を頂くわけにはまいりますまいが、折角のお申し出で、お断りいたすことは叶いますまい。このような破れ寺でお恥ずかしい次第ですが、是非とも四日間の修法のご成功を期待させていただきますので、御用の向き、何なりとお申し付けくださいい」

「早速にご承諾賜りましてありがとうございます。されば明日より護摩法要の支度に入らせていただき、十日過ぎ頃のどの日でもご住職様のご都合の良い日に決めさせていただければ幸甚に存じます」

瑛乗は、心得申したといわんばかりの上機嫌な笑顔で答えた。

「されば、門弟一同をはじめ近隣の寺にも呼びかけ僧侶や人足などを呼び集めましょう」

平安京大極殿薬子の部屋。

薬子と泰範がいる。

天台宗仏法祭壇に向かい泰範が読経中である。

泰範の背後に坐して合掌している薬子。

読経を終え拝礼後、泰範は体を背後にいる薬子に向けて座り直す。

薬子はにこやかにほほ笑み、「いつもながらの美声、聴くたびに心がひろがるようです」

「それは重畳。尚侍様におかれましては、常日ごろ重い責任を背負われてご政道の舵とりをなされておられる御苦労は並大抵のことではございますまい。お察しいたします」

「そなたはやさしいのう。こうして呼び出すたびに来てくれるが、修行の身であれば出にくいこともあろうにありがたいことだと感謝しておりますぞ。私は義父、桓武天皇から嫌われ、疎まれてきたが、義父が亡くなってこうして戻ってこられたというか、天皇の強引な曳き戻しで戻ってきたものの、なにかしら義父の呪いを受けているような気がしてならないのです」

「そのようなご懸念は無用にございます。わたくし泰範が尚侍様の憑き物は取り払っておりますゆえ」

「それはまことか？」

「恩師最澄猊下からは禁じられておりますが、私は密かに悪霊の呪縛と戦うための呪詛習得に励んでまいりました。尚侍様には平城天皇が侵されている伊予親王の祟りが乗り移ろうとしておりましたが、それを私が断ち切りましてございます」

「そなたはそのようなことまでわかるのですか？　まさにその通り、天皇はご自分の病は弟の伊予親王を謀反の罪で死にいたらしめた祟りだと決めつけ、現在の天皇位を弟の神野親王に譲ろうとしておられるのです。私は、それだけは食い止め天皇位をお護りしようと戦っておりますが、それゆえ王位を狙う謀反者たちはわたくしを魔性の女と揶揄して攻撃を仕掛けてくるのです。それが日夜私を苦しめ気が狂いそうですす泰範！」

「それでは余りにも尚侍様がお可哀そうです」

「薬子とよんで！」

「薬子さま！」

「近こう！」

二人がしかと抱き合って・・・・。

八〇五年。スペイン。ガリシア州のサンティアゴ・デ・コンポステーラの村落。

星明りを頼りに隠者ベラギウス（七十三歳）の案内で、キリスト教修道士ペラーヨ（三十二歳）とテオドミロ司教（五十一歳）が夜道を歩いている。

紀元元年、キリスト十二使徒の筆頭格の聖ヤコブが、エルサレムでヘロデ・アグリッパの剣で刺殺され殉教したが、ヤコブの遺骸はスペインのガリシア地方まで運ばれ、サンティアゴ・デ・コンポステーラの村落に埋葬された。そして、八〇〇年の年月を経て、隠者ベラキュウスは天使のお告げによって、それを知らされた。

ある夜ペラキュウスはキリスト教修道士ペラーヨとテオドミロ司教を誘い、星の光に導かれて遂に聖ヤコブの墓を発見したのだった。

まさにその発見は、空海が帰朝して初の四国阿波霊山寺訪問の時と重なる。

サンティアゴ・デ・コンポステーラでは、朽ち果てた聖ヤコブの墓発見を記念して、墓上にカテドラル「ブルゴス大聖堂」が建てられるのたが、その完成は一〇年余り後のことになる。

スペイン北西部に位置するサンティアゴ・デ・コンポステーラの大聖堂につながる「サンディアゴ巡礼路」と、日本の四国四県にまたがる「四国八十八箇所霊場と遍路道」が、スペインのサンティアゴ・デ・コンポステーラ市でユネスコの世界遺産登録をめざして協力協定を締結することになった。『道』が世界遺産に登録されることは稀で、これまでに登録されているのは世界でも『サンティアゴ巡礼路』と、『熊野古道』だけである。この二つの『道の世界遺産』は、一九九八年に姉妹道協定をむすんでいる。今回の協力協定の締結によって、「四国八十八箇所霊場と遍路道」世界遺産登録の実現に向けて一層の努力を積み重ねなければならない。サンティアゴ・デ・コンポステーラの巡礼道も、聖ヤコブを祭る礼拝堂ができたころは、村の名前もあまり知られず、巡礼者も近隣のキリスト教徒がぼちぼちくるだけだったが、その後、一〇〇年にわたって礼拝堂の増改築が繰り返され、村も大きな町となり、その間、ヨーロッパ・キリスト教世界では『聖ヤコブの眠る西の果てへ』巡礼するひとたちが爆発的に増えたのであった。

平城天皇執務室。昼。

平城天皇と薬子が坐して対面している。

「このところ気力と体力が薄れて政務もおろそかになり、そなたに負担ばかりかけているが、それも限界であろう。天皇位を弟に譲ることにしたい」

薬子きっとなって

「なりませぬ！」

「そうする。きめたのだ」と強く言い放つ。

薬子、重ねて、「なりませぬ！」

「そなたが延暦寺の泰範を呼び出しては貪り食うておるのは見苦しく醜態である」

薬子がはっとし、掌から扇が滑り落ちる。

天皇が横を向き、歯を食いしばる硬い表情の眸に涙があふれる。

「私が病弱でかまってやれぬから…・口惜しや・・・・」

「(両手をつき）私の肉が、私の体が求めてやまず、申し訳ございません！」。身悶えして泣き崩れる。

大極殿
天皇位譲渡式典が延々と続く。
日本後記　大同四年四月一日　平城天皇は春以来病となりついに皇太弟に位を譲ることになった。
大同四年四月十三日　桓武天皇の第二子平城天皇同母弟神野親王が大極殿で即位し、

嵯峨天皇となる。

平城天皇の譲位により第五十二代嵯峨天皇となった神野親王は、父である桓武天皇が最も寵愛した皇子であった。


平安京を捨て旧都奈良平城京へ向う平城上皇、薬子、藤原仲成の遷都行列は、千人を超す従者の列に加わって、貨物車馬数百の軍団が京から奈良へ、霞を分けて向かっていく。

薬子は悔しさを秘めて心の中で絶叫する。

「あなたが神野親王に譲位されたのは、心の病に侵され、ご自分の病は弟の伊予親王を謀反の罪で死にいたらしめた祟りだと畏れたが故です。そのようなことはありません。

あなたは力づくでも第一子の良正を神野の次の五十三代の天皇にするため、嵯峨天皇を亡き者にせねばなりませぬ！　都を奈良に遷都し、上皇は復活し、平安京を廃し、平城京へ遷都する勅使を出されませ！　嵯峨天皇を滅ぼすことが良正の天皇位奪還の道でございます！」


処刑場。昼。

藤原仲成が捉えられ、処刑場の板柱に絡められている。

十七人の死刑執行人が、弓で藤原仲成を射殺する。


延暦寺の庫裡・最澄の部屋。早朝。

最澄が白湯を呑んでいる。

駆け込むように泰範が急ぎ廊下に正座して平伏する。

「猊下、お呼びでございますか」

「今日も奈良へ出かけると聞いたが・・・・」

「尚侍様のお呼びでございますれば・・・・」

憐れむように泰範を見据え、「今日を限りとせよ」

泰範は平蜘蛛のように平伏し、やがて面をあげてにっと歯をみせ、ごくりと唾を呑むと、最澄の全てを無視し、「行ってまいります」

最澄、何が起こったのかという表情で呆然。


薬子の部屋。夕。

白衣の薬子が杯を手に立っている。

その美しさはこの世のものと思えない美しさである。

泰範は仏壇に向かい読経中。

「天よ！　神仏よ！　間違えられたな！　天皇家は万世一系なるべし！　平城天皇の跡を継ぐべき者は天皇の長子である良正のみが正統なり。われは日本の直系たるを望むものなり！」

薬子が泰範の後ろに回り、泰範の頬に掌をあてて、さらりとなでると毒盃を一気に飲み干す。

「ああ、ああ！」。毒薬がまわり苦しみに悶えドッと崩れ落ちる薬子。

泰範、読経をやめて、薬子のかっと見開いたまなざしをやさしく閉じさせ、薬子の乱れた衣装を直す。

騒がしい足音と共に扉が押し倒され捕り方の兵士がなだれ込む。

薬子の遺体を抱きかかえ読経する泰範。

捕り方が息をのんで立ち竦む。

泰範「薬子！　生きよ！　生き返れ！」

絶叫して薬子の亡骸を揺さぶり続ける泰範。

阿波 土佐 伊予 讃岐の民、衆生救済国家安寧の護摩法要

拝殿右上隅には、地蔵菩薩三尊像、その上には、賓頭盧尊者と修行大師がいる。
空海の前には、空海持仏の釈迦誕生仏を供えている。
炎と火花の燃え盛る熱気に煽られて真言を唱える空海の真赤な表情。
阿波の国、土佐の国、伊予の国、讃岐の国から各寺の住職ら参列者の顔ぶれが揃う。
天平時代、聖武天皇の勅願により行基などが開設した古寺の三代目九寺の住職たちだ。
霊山寺住職　瑛乗（六二歳）
極楽寺住職　俊寛（四七歳）
金泉寺住職　行徳（四四歳）
国分寺住職　仁慶（五五歳）
観音寺住職　正光（五二歳）
井戸寺住職　恩明（四一歳）
恩山寺住職　祖円（四八歳）

立江寺住職　良真（五〇歳）
薬王寺住職　如蓮（四一歳）
「空海がやってきた！」
三十三歳の若さで大唐の仏教本流の真言の秘法を持ち帰った男を，一目、観んものと四国の住職たちが、霊山寺に押しかけてきたのだった。
早朝の霊山寺内・説話室
瑛乗住職以下総勢九名の三代目住職たちが席についている。
空海は、座を低くして、三顧の礼をして挨拶をする。
空海「四日の修法を終えることが出来ましたこと、皆様のご協力のたまものと御礼申し上げます。さて、暫くは讃岐の実家に帰り、天皇さまのお許しを経て自らの寺を建立いたしますので、暫くはお会いできないのですが、一言、申し述べます。それというのは四国に、真言密宗の巡礼の霊場を開くことです。阿波から右回りに、八十八使の煩悩を救済するために「阿波」「土佐」「伊予」「讃岐」に八十八寺の霊場を作ります。ここに阿波の宗職としてお揃いになっておられるように、それぞれの方々が、聖武天皇の勅令で行基菩薩などが開設された九つの寺を維持管理されておられます。伊予が十三寺、場なのです。

土佐が十寺、伊予が九寺、讃岐が九寺で、併せて四十一寺です。四国八十八箇所の霊場を作るには、あと四十七寺を開設しなければなりません。何年かかるかわかりませんが、四国八十八箇所の衆生救済のための霊場は、日本の民衆を救うためには必要不可欠の霊場なのです。

昨夜、私は護摩供養の時に、大日如来さまより御宣託を賜りました。

印度の霊鷲山（りょうじゅせん）の山頂で、たくさんの菩薩たちに囲まれて、お釈迦様が説法をしておられました。

その場面がいつの間にか雲壌の上となり、胎蔵曼荼羅の中で大日如来が輝いたのです。

大日如来の御宣託とは「インドは天竺。その天竺と、日本である大和を結び付けて、この寺を『竺和山（じくわさん）と称し、霊鷲山を大和の国である日本の四国八十八箇所の一番寺にせよ』とのことでした。

このようなご宣託を賜り、霊場の開設成就を祈願したのであります。

私ごとですが、讃岐の寺は父佐伯善通（よしみち）からとりまして善通寺と名称いたし、四国八十八箇所霊場の七十五番寺といたします。この寺は恵果阿闍梨のお許しを得て大唐の青龍寺の模写図面から建立いたすものです」

スペイン・サンティアゴ・デ・コンポステーラ完成。

八一七年七月二十五日　聖ヤコブの日。

紀元一世紀に、現在のパレスチナで殉教したとされる聖ヤコブの遺体は、二人の弟子によって石の船でこのスペイン半島の最西端まで運ばれた。その寒村のサンティアゴ・デ・コンポステーラに礼拝堂が建てられたのだが、その後改築が繰り返され、今こそ大聖堂カテドラルとして完成を見たといえよう。しかし、この聖堂への巡礼が始まり、この巡礼道が、ローマ、エルサレムと並んでキリスト教の三大巡礼道に数えられるようになるのには、さらに百年の年月が必要となる。


その後、空海は故郷に戻り、善通寺の設計に二年を費やしたが、空海二度目の三年間に及ぶ空白についての記録はみあたらない。


晴天に突き出る櫓のうえで打ち鳴らす祝い太鼓は鳴りやまない。

平安京は、六十五日間、一滴の雨も降らず。

日本後記は一行のみ記す。弘仁元年九月十一日　藤原薬子　自死

弘仁元年（八一〇年）九月二十一日。嵯峨天皇執務室の大広間で、「薬子の変」の論功行賞が行われている。

一段高い簾内の正面玉座。

一段下りた左側の床に机を置き従五位下内務担当の橘逸勢が控え、記録係書記二名が控える。

謀反人、藤原薬子、藤原仲成を捕えた第一の功労者である造宮使坂上田村麻呂をはじめ宮使藤原冬嗣、同じく紀田上、正三位中納言藤原朝臣葛野麻呂、従五位上高階遠成、比叡山最澄などの高官が居並び参列している。

橘逸勢が歌うような透明な声で読み上げる。

「これより謀反者藤原薬子、藤原仲成の変事終結に及ぶ功労者への論功行賞を発表いたします。造宮使坂上田村麻呂殿、大納言正三位兼石近衛大将兵部卿を任命する」

どっと沸く感嘆と驚きの吐息。その後、次々と論功が読み上げられて行く。

「伝灯大法師位最澄殿。この度、叡山におかれては謀反討伐の祈祷に努められており、

近江の国の稲千束を施捨して山中の生活の資にせよ」

最澄、合掌する。

御簾がするすると上がり、嵯峨天皇のお姿が現れる。

参列者一同、深々と低頭する。

「このようにして今日を迎えるのは喜ばしきことである。さて橘」

「はっ」

「空海の『闕期の罪』を解き、空海をして京に住まわせよ！」

はっとする最澄。一座一同、驚き、吐息。

「承け賜りましてござります」

「空海はいずれにおるのか？」

「空海は生地にもどり讃岐の国、善通寺に蟄居いたしおります」

「空海に高雄山寺に移るよう指示し、東大寺の別当を任命せよ。兼ねてより願い出ておる国家安寧護国の護摩法要を許す」

最澄、驚きの表情で虚空をつかむ。

「空海！　そこまでやるか！」絞り出すような低音で吐きだす。

この同じ年、唐朝の暦では元和五年（八一〇年）であるが、霊仙自身もまさに、空海となならんで自らの一生を左右する事業に参画している時期であった。

般若三蔵の訳経所にあっては、霊仙を筆頭に八名の翻訳僧が『大乗本生心地観経』八巻の訳出の最終段階に入っていた。今こそ、霊仙は般若三蔵の供として宮中に参じ、憲宗皇帝に完成翻訳教典『心地観経』を奉納する予定になっている。

この経典は大正大蔵経第三巻本縁部に収められており、古来から父母、国王、衆生、三宝の四恩を説く経典として厚く信仰されてきた。後に霊仙が嵯峨天皇にこの経典を献上することになるが、これを入手したと推測される空海は晩年に向かって大いに『心地観経』の四恩を説いている。（巻末付録・四恩の項目参照）

空海は東大寺別当、乙訓寺別当を任命され、あまつさえ嵯峨天皇との親交を重ねることによって、天台宗猊下最澄の実績を凌ぐ勢いである。今しも、大政官符により「少僧都伝灯大法師位空海」の称号を受け、最澄と同格に並んだ。

再会

「シャオリンが大変です。急いで、一緒に来てください」

「どうした？　シャオリンになにかあったのか」

「いいから早く！」

霊仙と連れの坊主は長安の街を飛ぶように走る。

小玲の「初筆」に行くのには、東端の大雁塔から西の興化坊にいたる長安街の東西に横断する朱雀街を、殆ど端から端まで走らなければならなかった。

霊仙を呼びにきた坊主は徐径蘭という。西蔵の奥地、雅魯蔵布江（ヤールツァンポ川）の峡谷に棲む少数民族の門巴族に生まれ、拉薩（ラサ）の大昭寺で修行して長安へ流れ着いたという特異な経歴の僧侶で、いまは訳経所で霊仙の下働きをしている。

徐は走りながら「シャオリンが針で両眼を刺した」と叫んだ。

「なんということを」霊仙はさらに速度をまして走る。

「初筆」は店の戸を半開きにして休業の札をさげていた。

霊仙は人気のない店先を走りぬけ、小玲の部屋へとびこんだ。

小玲は冷やした黒布を目にあてて仰向けに寝かされていた。布団の裾に母親がうずくまって泣き伏している。霊仙が小玲の枕元に座り込んで、小玲の目に掛けられた黒布に掌を当てた。死んだように固まっていた小玲の五体が霊仙の気を受けて、ひくっと動いた。

母親が敵意のある視線で霊仙を睨みつけている。

「なぜだ」。霊仙はこうなったことを考える。

自分の思い上がりが、シャオリンを追い詰めてしまったのだ。そうなることが予想できなかったのか。霊仙はおのれの呪術能力を過信していたといえる。

ひとりよがりに霊仙がきめつけてしまったところに自分自身を陥れる陥穴があったといえる。

小玲と霊仙の、ひとも羨むような、えもいわれぬ清らかで美しい交情の年月が一年を経過しょうとしたとき、小玲の視界にほの白い霧のようなものが現れ、やがて、それが薄れゆく春霞のごとく広がっていった。

こうして、一年に及ぶ霊仙の霊呪によって、小玲の瞳に光が戻ったときの、両親の驚きと歓喜は常軌を逸したものであった。

両親は店の在庫の品をことごとく祝事に放出し、高貴な役人への寄贈もおこたらなかった。親類縁者はもとより、店の使用人にまで金品を惜しげもなく与え、娘の奇跡の開眼を祝ったのだった。

霊仙には小玲の目を見えるようにした謝礼として、何年分にあたるか見当もつかないほどの高額な通貨を差し出されたが、霊仙は頑なにこれを辞退したのだった。

目が開いて、小玲が見た花々はあまりにも美しく、彼女は自分のまわりを花で飾りたてた。両親は、近在の花畑を買い占めて小玲の周囲をことごとく花で埋めつくしたほどであった。視力を得た小玲の活き活きしたよろこびが、ただでさえ美しい小玲を、さらに磨き上げていった。

長安城の富豪たちから次々に持ち込まれる縁談の申し入れが後をたたない日々が続き、「初筆」は更に繁盛し、初家の富は思うにまかせるように集まった。

小玲にとって、霊仙の小柄ながらきびきびした所作と、中国人にみられない二重瞼の気品にみちた眼差し、かくれなき深い教養に満ちたふるまいが、片時も離れがたい思慕となっていた。だが、霊仙は不犯の僧である。

その満たされぬ想いのなかでも小玲の歓喜の二年は瞬く間に過ぎていった。

だが、なにごとも進展をみせない小玲の周囲に、淀むような異変の兆候があらわれはじめていた。日が経つに従って、小玲はなぜか落ち込んでいくようだった。

目が見えるようになってから小玲には小鳥や鹿や犬や猫などの話し声が聞き取りにくくなり、やがて、動物たちとの会話はまったく途絶えてしまったのだ。

小玲の記憶にあった母親は若く美しかった。

父は力強く希望にあふれた若者だった。

だが、いま小玲の前にいる両親はあまりにも老いていた。髪は白くなり、艶を失った肌はかさかさに渇き深い皺に覆われている。

小玲にとって、目が見えるようになって得たものより、失ったものの方が遙に貴重なものだったといえる。

そして今、霊仙を目の当たりに見ることができて、その気高いまでに優れた霊仙の容姿に秘かな想いをよせたものの、霊仙が不犯の学僧であってみれば、儚さも募るばかりであった。

小玲には見える瞳は無用であり、盲目の世界にこそ、やすらぎがあった。

小玲は盲目に戻ろうとしたのであろう。

そして、わが瞳に針を突き刺したのだった。

霊仙は、助手の徐経蘭を小玲の元に残して、ひとり訳経所へ戻った。

たしかに小玲が瞳を貫いたことは霊仙にとって、このうえない衝撃的な事件であり、シャリオンの、そばについていてやりたいが、いまはそれができない状態にあった。霊仙の一生を左右する事業に参画している時期なのだ。

時に元和五年（八一〇年）、般若三蔵の訳経所にあっては、霊仙を筆頭に八名の翻訳僧が『大乗本生心地観経』八巻の訳出の最終段階に入っていた。

明朝、霊仙は般若三蔵に供して宮中に参じ、憲宗皇帝に完成翻訳教典『心地観経』を奉納する予定になっている。その折りに持参する経典の最終校正が霊仙の責任として重くのしかかっており、霊仙はその一点に集中し、今夜も一睡もしないで最終校正をしなければならない時である。

この経典は大正大蔵経第三巻本縁部に収められており、古来から父母、国王、衆生、三宝の四恩を説く経典として厚く信仰されてきた。

その心地観経の影響力はとみに日本まで及んだといえる。

さらに千百年後の大正元年（一九一二）に滋賀県石山の名刹、石山寺一切経中からこの『心地観経』の古写本が発見され、その奥書に語訳、筆受の大役として日本僧霊仙の名前が記されていることから無名に近かった霊仙の偉業が日本の宗教史に躍り出ることになったのである。

この経典の翻訳八巻を、般若三蔵と霊仙から受け取った憲宗皇帝は、御製の序文に「すなわち、その梵本を醴泉寺に出して、京師の義学、般若三蔵等八人に詔命して、その旨を翻訳せしむ。練議大夫孟簡等四人に命じて、その文を潤色し、列ねて八巻となし、謹しく一部となす」とあらわし、この『心地観経』が般若三蔵をはじめとする八人の僧の訳出だと述べている。これによって霊仙は、日本人で初めて宮中の内道場に出入りを許された内供奉僧に取り立てられ「日本国内供奉霊仙三蔵」の地位を得たのであった。

唐代の公式な翻訳の場で、訳語、筆受に抜擢された霊仙にとって、いうならば当然の栄誉であろう。

霊仙は有頂天であった。

小玲の事故にこころ悼まぬではないが、宮中での憲宗皇帝の寵愛に溺れて、霊仙はいかにも多忙に過ぎた。

霊仙の弟分にあたる徐経蘭は、小玲の事件の後、突如として僧籍を離れた。

チベット奥地の門巴族という少数民族の血を受け継いだ部族民は係累に厚く、団結力が抜群で他部族を敵視し、族外の者を容易に信用することはない。徐経蘭もそうした村落生態のなかで育っただけに、性格は狷介といえよう。同じ外国人でありながら、自分とはあまりにも隔たった霊仙の訳経所での地位に対する嫉妬には執拗なものがある。霊仙と自分の学識の差に対する劣等感が、己を曲げ、霊仙への憎しみに変わっていった。

霊仙と小玲の間にかいまみられる恋情のような関係を嫉んだ。霊仙が忙しさにかまけて小玲の病床を見舞うことを怠ったことを利用して、今では霊仙に逆恨みの情を抱いてしまった小玲の父親、初海波に取り入ろうとしているのだった。

碧い瞳を、みずから刺し潰した小玲の閉じた目元からは、涼やかな愛らしさは消えてしまったが、一段と研ぎすまされた凄味のある美しさとなっている。

突如の盲となった小玲は、苛立ち、屈折し、転び、歩行ままならず、角毎に体をぶつけて、痣と生傷の絶え間がない。

そうして一日が暮れると、小玲は疲れ果てる。

風の強い夜であった。

長安城内皇城西第二街に立ち並ぶ商家は、ことごとく戸を閉めて灯火を落としている。

商店街の看板が風に煽られてぶつかりあい、石畳の路上に叩きつけられ、疾風にのって吹き飛ばされていく。小石のような大粒の雨が間隔をあけて瓦屋根をたたく。

木立が折れ、枝がとび、風がうなりをあげて吹きすさぶ。

疲れた小玲が床に伏し、同じ部屋に両親が付き添っている。行燈の灯が、どこからともなく忍び込む、すきま風の姿を映しだすかのように揺れはためく。

父親の初海波は小玲が哀れでならない。小玲の瞳があいたために起きた悲劇の源をたどると、どうしても霊仙にいきつくことになる。娘の目が開いた時には確かに天にも昇る幸せを味わった。その束の間の歓喜の幕が下りるのがあまりにも早すぎたといえる。

「余計なことをしてくれたものよ」

こんなことなら、あのまま小玲は盲でいてくれた方がよかった。

不憫ではあったが、それなりにあきらめのなかで平穏の日々であった筈である。霊仙の祈祷が招いた、なまじっかの奇跡が恨みをつのらせる。小玲が自ら両眼を刺しつぶすという事件以来、霊仙の足は遠のいて、近頃では、滅多と寄りつきもしなくなってしまった。

海波は舌打ちをすると、ぐっと強い酒をあおった。

母親の玲妹は、布団のなかに手を差し込んで小玲の脚をさすりながら、この先のことを思う。どうなるのだろうか、夫の海波はちかごろ商売に身を入れず、酒と愚痴に明け暮れる。風が戸をたたき、軒を鳴らす。こんな夜はことのほかこころ細い。

雨と風のうなり声とはちがう派手やかな人声が廊下を伝わってきた。

女中に案内されてはいってきたのは徐経蘭であった。ちかごろ長安で評判の麦糖菓子と鴨の燻製を手土産に、左半身を吹き降りで濡らしたのを払うように拭きながら部屋の隅に座った。座りながら「シャオリンさんはいかがですか」と囁くようにたずねた。

「いまやっと寝ついたところです。今日も柱に足をとられて転んでしまってねえ、あそこが痛い、ここが痛いといって愚図ついていたのですけど」

玲妹は小玲の脚をさする手をとめずに徐経蘭に頭をさげた。

「かわいそうに」。徐経蘭は小声でつぶやくと、手土産をだして「永楽堂の麦糖菓子が手にはいりましたのでどうぞ」

「まあ珍しいこと。よく手にはいったわね、長いこと並ばないと買えないのでしょ」

「ええ、並んだのです。暇がありあまっていますので」

快活に笑って「これは鴨の燻製ですが、ご主人のお口にあいますかどうか心配です」

と丁寧に差し出した。

海波が酔眼をふらつかせて「そりゃまた、わしの大好物じゃ。いいものを貰った、そんな所に座っていないで、その鴨をもってこっちにいらっしゃい。一緒に呑みましょう」

「あらいやだ、お父さん、お坊さんにお酒なんか進めちゃって」

「ああ、そうだったな。しかし、いつもと違って今日は衣を着てないからさ、ついうっかり酒をすすめてしまいましたぞ」

「いや、いいのです。私は僧籍を抜きましたから」と徐経蘭はさらりといった。

「なんと！」海波がびっくりした声を喉につまらせた。

「思うことがありまして、本日、宮廷総務局に僧籍離脱届を提出してまいりました」

「ほう、そりゃまたたいしたことをしでかした。でも、随分と思い切ったことをしたものだな。それで、今後のところをどうなさるのじゃ？」

海波は徐に茶碗をもたせて酒を注いだ。

「今後のことはまったく白紙です。どうなることか私にもわからないところです」

「はやまったのではないのかな。僧でいれば一生を保証され、食いはぐれがないではありませんか。坊さんが、ほかになにができるというのです？　食べていくことは大変なことですよ」。海波は如何にも商人らしい世渡りの計算で徐経蘭の将来を案じたようであった。

「ええ、そこのところはよく存じております。わたしにできることといえば、読み書きぐらいのものしかありませんが、ぼちぼち勉強させていただきます。どうか、ご指導ください」。徐経蘭は謙虚に頭をさげて、茶碗の酒を一口呑んだ。

海波は軽く手を振って「いや、教えるなんてことはできないが、このことはリュシェンさんにご相談なさったのかな？」

「いえ、むしろ私はリュシェンと兄弟子として同じ屋根の下で暮らすことじたいが我慢ならなくなったのです。それが僧侶というものにあいそをつかす原因となったのだと思います。あの人は冷たいお人です。上に諂い、下に厳しく、確かにこのところ急速に出世を遂げられていますが、私にはあの方の真似などまっぴらです。リュシェンは、シャオリンさんのお見舞いにみえられておられますのか？」

徐経蘭は茶碗を床に置くと、厳しい眼差しで海波と玲妹を等分にみつめていった。

「さっぱりですよ。折角、シャオリンの目を開けてくださったのに、娘が勝手に目を刺すようなことをしたものだから、気分をこわされたのかもしれませんが、それにしても、水臭いものだ。なにもああまで突き放さなくてもよろしいのに」

「ごもっともです。ご主人は、リュシェンにはよくなさったたし、学費も随分とたくさんに贈られたときいております」

「いやいや、目を開けていただだい謝礼を差し出したのですが、あの方は頑なに辞退され、びた一文お受け取りにならなかった。唐人の常識では謝礼を受け取らないなんて考えられないことでしたが、日本の方は変わっていると思いましたよ。それにしても近頃はすっかりお見限りで寂しい思いをしているわけだ」

「え？　謝礼を断ったのですか。折角のご主人様のご厚意を無にするなんて、まったく許しがたいことです。わたしも、世が世であればもう少しお役にもたてるものをと悔しい思いをしております」

徐はいかにも気をもたせ初海波と玲妹を引き込むように勿体ぶった言い方をした。

海波が盃を置くと、一膝のりだすようにした。玲妹も小玲の脚を揉む手を抜き、海波の隣に座りなおした。これから、徐経蘭の話を聞こうという姿勢になった。

「改まって申し上げるほどのことではございませんが、これからおつきあい願えるものであれば私のことを少々おはなしいたしておいた方がよろしいかもしれません。私は東チベットの雅魯蔵布江（ヤールツァンポ川）流域に生まれました」

　こうして話はじめた徐経蘭の出自というのはこうである。

「私が生まれた村は山深い貧しい部落でした。川の渓谷に沿って広がる荒れ地で、村人はヤクの革で作った天幕を住居としていました。この雅魯蔵布江は、平地では川幅がひろく、ゆったりとした流れですが、渓谷に入ると、激流が逆巻き、怒濤は岩も砕くような急流となります。村を過ぎ山の奥へ流れる雅魯蔵布江は、山裾を巡り国境を越えて天竺に通じているそうです。そして、村人たちが毎朝、目の前にふり仰ぐ山は、天まで届くような鋭い峰をもつ山で、村人たちは天柱石の聖なる山、トペンパと呼んでいました。一年中、万年雪で化粧された山頂は太陽の輝きによって、七色に変化するのです。ある時は紫に、ある時は赤く、そしてあるときは黄金に染分けされます。こうして峰の色合いで、村人たちはその日の吉凶をみました。この村は二〇〇人ぐらいの部落で、三〇〇頭のヤクと山羊と驢馬が私たちと同じように暮らしていました。東チベットの北部一帯は非常に信仰心の篤いところでボン教の各派がそれぞれの寺院を持って、独立の派閥を維持していました。各派には尊いトュルク、こちらの言葉でいうと活き仏さまがおられまして、衆生の迷いを解いてくれるのでした。私たちの村では、冬は雪に埋もれて過ごしますが、春になりますとそこいら辺に花が咲きみだれ、若葉が芽をふき山羊や驢馬やヤクたちが沢山の子を宿し、川には漁りきれないほどの魚が群れ、泳ぎ、夏は薬草の収穫に追われます。この村の薬草は不思議な力を持っており、人々の病をことごとく治してくれるのです」

「まあ、すてきな村ね」。いつ起きあがったのか、小玲がほっと息をつくように言った。「わたし、そんな村にいってみたい」いくらか苛立っていた心がなごんだのか、小玲の声はやわらいだものだった。

「ほんとうにシャオリンが気に入りそうな所だねえ」。母親の玲妹が小玲の背中を撫ぜながら微笑んだ。

「そんなある日、ボン教のタンギ派のグルといってもおわかりになりますまいが、グルというのは尊師とでもいいましょうか、第二代の活き仏であるソンパン・トュルクが亡くなったという知らせが村に届きました。ソンパン・トュルクが亡くなった瞬間から次の生を受けるまでの期間をバルドというのですが、私はそのバドルにあたる期間中に、父のトンパカーギと母ヌミルの子として生まれたのです。そしてやっとのことに、東チベット北部の村々に、丁度、その時期に生まれた赤ん坊のなかに、ソンパン・トュルク活き仏の化身がおられるという通達が出されたのです。それによると、第二代ソンパン・トュルクの生まれ変わりは、雅魯蔵布江のカドチの僧院から北へ向かって三日の旅程を終えた村を中心にして、直径徒歩二日間の円の中にいるというものでした。直ちにカドチ寺院のラマ僧二〇人が四方に散って、その赤ん坊を探す旅にでたのでした。啓示にぴったりの地域で、ソンパン・トュルクのバルドにあたる期間に生まれた一五人の赤ん坊がみつかりました。その一五人のなかに私もはいっていたのです。さっそく、一五人の赤ん坊の試験がはじめられました。ソンパン・トュルクが愛用していた茶碗を、十二個の普通の使い古した茶碗に混ぜて、ソンパン・トュルクが使っていた茶碗を赤ん坊に選ばせるのです。次に十二連の数珠にソンパン・トュルクの使っていた数珠を混ぜて、赤ん坊に選ばせるのです。この二回の試験とも、躊躇わずにソンパン・トュルクの茶碗と数珠を指さして掌に握ったのは私とクックという赤ん坊だけだったのです。ラマ僧は喜んで私をだきあげ、宗主から預かってきたカタという絹の高価な織物を渡しました。他の赤ん坊たちは、その絹を放り捨ててしまいましたが、私はそれを手にすると、正式な作法で僧の首に敬愛を籠めるかのようにかけたのでした。これぞソンパン・トュルクの化身に相違ないと、そのラマ僧は驚きと喜びの涙をうかべたほどでした。しかし、もう一人のクックも私と同じようにカタを別のラマ僧の首にかけたのです。さあ大変です。二人の赤ん坊のうちどちらかがソンパン・トュルクの化身で活き仏だということになったのですから。

私とクックの母親は、村を離れて赤ん坊と一緒に宗主のいるカドチ寺院の近くに家をもらい、そこに移り住んで自分の赤ん坊の面倒をみることになったのです。それから十年間、私とクックは世俗から隔離された峡谷の断崖上にある修養院で活き仏としての、あらゆる修行を積んだのです。そして私たちが十歳になり、西蔵暦で巳卯の年の新年祭満月の日に、決定的な審判がくだったのです」

酔いが醒めたのか、海波の喉が唾をのみこむような音をたてた。

「なんという恐ろしいことでしょう。その夜、突然クックの左胸に、鮮やかな牡丹の花弁のような真紅の痣がうきあがったのです。クックが驚きのあまり大声で叫び声をあげて助けを求めました。僧院のラマ僧たちが駆け寄って、そのクックの胸に浮きだして咲く、大輪の痣をみると、一同は雷にでも打たれたかのように茫然自失の状態となり、やがて一斉にクックのまえにひれ伏したのです。第二代の活き仏であるソンパン・トュルクの胸にもクックの胸にできた痣と同じ赤痣があったというのです。さあ、これで決着がついたわけです。クックが第三代の活き仏となったのです。その日から、私とクックの間に起きたことは天と地ほどの違いでした。クックはティンヴィン、つまり最高僧院長への道を歩み私はチュマという水汲み雑用係に追われ、最下級からの修業にはいらなければなりませんでした。私の母は、クックの母親との虚栄の戦いに破れた絶望からルガタの峡谷に身を投げて死にました」

「まあ、なんということに・・・・」

玲妹は目頭をおさえて涙し、小玲は潤れた瞳を徐経蘭にむけて悲しみの表情に沈んだ。

「人の人生には、いろいろなことがあるものだな。私のような凡庸な民には計り知れない運命の冷酷さにおどろかされるのう」

海波は徐を慈愛の目でみつめた。

「私はいたたまれない情念に苛まれ、ケルパの山脈を越え、砂漠を渡って、二年の歳月をかけてここ長安にたどり着いたのです」

徐経蘭は長い身の上話を終えると、盃を押しいただくようにして呑みほし、ほっと肩を落とすようにぐったりとした様子をみせる。やや勿体ぶった演技にもみえる。

初筆の親子三人は、徐の長い話に心を奪われたかのように放心し、しばらくぼんやりしていたが、やがて、海波が新しく酒を徐の盃に満たした。

「話を聞いていると、あなたはよほど巡り合わせの悪い暦の元に生まれたようだが、気を落とすことはない。それだけの学問と修業を積んだ能力を身につけておられるのだからきっといい運命に巡り会えるにちがいない」

「さあ、どんなものでしょうか」

徐経蘭は思い入れふかく天井をみあげて嘆息した。

「今夜は雨も風も強いから泊まっておいでなさい」

玲妹が勧めると、海波も大きく頷いて徐に泊まっていくように口添えした。

「ありがとうございますが、今夜はそんなつもりでお訪ねしたのではないので、帰らせていただきます。突然おうかがいしてこれ以上、ご迷惑をおかけするわけにはまいりません」

徐は、かたくなとも思えるほど強く初海波夫妻の厚意を断って嵐の街へ出た。

このことが、初筆の家族たちの徐経蘭に対する印象を、奥ゆかしいものと決定づけることを彼は知っているのだ。

謙虚で、控えめで、礼節を重んじ、信用できる人物としての信頼をかちえたのだ。

世が世ならば、自分は西蔵の活き仏としての地位にある人間で、その辺の平民と一緒にしてくれるなという先入観を与えることに成功したといえる。

別れ際に、徐経蘭のふともらした皮肉な笑みに初海波の一家は誰一人気づかなかった。徐経蘭は典型的な虚言癖の持ち主であり、心は偏執に歪んで残忍な性格の男である。これより後、その狂人じみた男に、初筆一家は取り憑かれることになる。

前にも述べたが、徐経蘭は東チベットの雅魯蔵布江の沿岸に住む少数民族、門巴族の部落民である。本人は拉薩の大昭寺で修業したというが、経典の一つも諳んじてはいない。生来の怠け者で、小狡さと怠惰が骨までしみ込んでいる使い走りの偽坊主が、嘘で固めた詐称歴を駆使して僧門の下働きにもぐり込んだにすぎない。

門巴族には、古来より毒盛りの風習が伝わり、今に受け継がれている。今と言うのは空海や霊仙のいた唐代のことではなく、2020年の現代のことである。

明治一二年に出版されている飯田想念著「世界少数民族分布詳細記伝」によると、西蔵国の山南地区南部の林芝地域に住む、ロパ族の一部を占める少数部落民の門巴族を毒盛りする民族として記載している。(但し、門巴族の中でもヤヤサンより南、メリ村、マリテ村、メト村、デシン村の門巴族が毒盛りをするかどうかは不明である)

一九九一年に林芝のハー近郊で毒殺された中国人がいることは確認されている。
門巴族が使う「毒」の成分は不明。
門巴族の毒盛りの目的には次のような厳しい戒律がある。
（一）相手を殺害することによって、物質的な財産を得てはならない。象徴的な財産を得るためにのみ毒殺が認められる。
（二）嫉妬、憎悪は可。
一九九五年に東チベットのメト村で、メトの軍舎に勤務していた軍人との恋の果にメンドン村の門巴族の妻が嫉妬のために毒殺された。毒殺した夫は無罪。
（三）毒の神（魔神）の呪いをかわすために、他人を毒殺することは可。
例えば、もし誰かを殺さないと、自分の家族に犠牲者がでると信じた場合。

毒盛りの方法は、爪の間に毒を仕掛け、相手の茶碗などの容器や酒差しに相手が気づかないように毒を盛る。この毒盛りによる殺人は、毒を呑まされた被害者の死期は1ケ月から五年の間に死ぬように、毒薬の調合ができる秘伝の技がある。例えば、五日後に死ぬように毒薬を調合すれば、犯人はその期間、旅に出ることによってアリバイが成立し、犯人の特定が不可能となり迷宮は必至である。当然のことながら門巴族の部落で成人となった徐経蘭は、この毒盛りの技術を習得していた。

あの嵐の夜の訪問をきっかけとして、頻繁に初筆へ出入りするようになった徐経蘭の恐るべき目的を知る術もない初海波、玲妹、小玲の親子は、やがて徐の掌中に呑み込まれていくことになる。

葬られた皇帝

憲宗は、元和元年に病弱な父、順宗の跡を継ぎ唐朝十一代の皇帝となるや、軍備を拡張した。儒者の家臣を藩帥に任命し、監査任務には宦官を配属させた。あまつさえ憲宗は多くの名臣に恵まれ、唐朝に反抗的であった河朔三鎮も服従させ、衰退を見せていた唐は一時的な中興をはたしたのであった。この限りでは、憲宗は近年にない名君と言えた。

霊仙が般若三蔵の推挙を経て、憲宗皇帝直属のスタッフに加わり「大乗生心地観経・八巻」の訳経所における筆頭翻訳主事の重責を任されるようになったのには、本人同士でなければ理解できない喜びがあったからであった。

それは他愛ないことであるが、憲宗皇帝と霊仙の誕生日が、中国と日本という別世界において、全く同じであったことが、両人にとって類のない親しみとなったのは確かだった。

憲宗皇帝の誕生日は、大暦十三年（七七八年）二月十四日。

そして、霊仙三蔵は、宝亀九年（七七八年）二月十四日。

二人がこのことを知った瞬間、君臣の隔てを越え、大声を上げて信じがたい驚嘆の喜びを共に楽しんだという。

もう一つ、憲宗と霊仙を強く結びつけたのは、「鷹狩」であった。

鷹狩りはアジア遊牧民の狩猟法で、紀元前二〇〇〇年頃のモンゴル高原が起源とされている。中国では周の時代、紀元前七〇〇年ごろに「鷹狩」の記録がみられるという。

日本では、支配者の狩猟活動は権威の象徴的な意味を持ち、古墳時代の埴輪には腕に鷹を乗せたものも存在しているが、日本書紀に始めて記録が残っているのは、仁徳天皇（三五五年）の鷹狩りで、天皇家や貴族の猟であり、団体行動を行う軍事訓練としての面もあったのだ。平安時代においては、初期の桓武天皇、嵯峨天皇らが鷹狩りを好んだ。

まさに霊仙の今日が、憲宗皇帝が好む鷹狩りのお供を務める日常そのものであった。

「鷹狩にいこう！」

政務に忙しい日々ではあったが、憲宗は月に一度は鷹狩に霊仙を誘っている。

霊仙が「テン」を肩に載せて現れたときの憲宗の驚きの表情は格別であった。

「なんだ！　そちは日本から鷹を連れてまいったのか」

「否。連れてきたのではありません。『テン』がついてきたのです」

「天？」

「天とはこの鷹の名前です」

「その鷹の名前が『テン』ともうすのか」

「こいつが雛の時から私が育てていて、唐に来るときに私に内緒で海を越え、山を越え、ついてきたのです」

「凄いな、凄いな、信じられないことである。こっちに来るかな？」

憲宗が怖々、腕を出す。霊仙が顎をしゃくって「行け！」と命じると、『テン』は即座に憲宗の腕に飛び移り翼を収めた。

憲宗の喜びは「テン」にも伝わったようであった。


長男の恵昭太子が十九歳の若さで急死するや、名君といえども、憲宗はその悲しみから人格が急変し、ますます仏教や道教に耽溺するようになった。

憲宗には、長男恵昭太子の急死が納得いかなかった。

何故だ？　生き返らせたい。神仏に懇願して、奇跡を呼んで生き返らせたいと願った。

そこで憲宗は、鳳翔法門寺の真身寶塔に秘蔵された仏舎利を三十年に一度の御開帳の時に、長安の宮中に迎い入れ供養すれば「恵昭太子」の命が復活するという妄想を実行に移そうとした。この供養には莫大な費用が掛かる。

これに異を唱え、憲宗皇帝に厳しく諫めたのが宮中文官で唐代を代表する文人・士大夫の韓愈であった。

韓愈は「論仏骨表」という中国史に残る名文を憲宗に上程して決死の諫言を貫いた。曰く「仏だの神だのと言うものは、人命の長短や国政の吉凶には何の影響力をもつものではありません。まだ中国に仏や神が存在していない上古三代では、中華の聖天子である黄帝は在位百年、小昊は一〇〇歳、顓頊は九十八歳、帝堯は一一八歳、などなど、この時、天下は太平であって人民も平和で幸せでありました。しかしながら、そんな中国には未だ仏はいなかったのです。その後、殷の湯王もまた一〇〇歳、湯王の孫の太戊は七五年、武丁は五〇年でした。周の文王は九七歳、武王は九三歳でした。やはりこの時も仏は中国に到達しておらず、仏に仕えて年寿を得たことはなかったのです。さて、後漢の明帝の時には初めて仏法場伝来しましたが、その明帝のご在位は、わずかに十八年にすぎません。その後戦乱が相次ぎ目まぐるしく政権が交代を繰り返しました。いま、陛下が仏舎利を法門寺から迎え、盛大に供養を行われるときききました。わたくしは暗愚ではありますが、陛下が仏に惑わされておられるのではなく、仏事を行うことで福徳を祈願されようとなされていることをよく理解しております。つまり、豊年満作で人民が安楽ならんことを願い、都の人士のために珍奇な物を設けて喜ばせようとされていることを知っております。孔子は『鬼神は敬してこれを遠ざける』といっております。陛下の臣たちが仏舎利奉迎の非をとりあげないのを、私は心より恥じ入っております。この骨を水や火に投じて未来永劫に禍根をお絶ちください。陛下が優れた方だということを人民にお示しください。

もし、仏に力があり、それによって祟りや禍があったらば、その咎はすべて私の身に加えてください。天はご笑覧になっております。私は恨んだり後悔したりいたしません」

これが世にいう韓愈の「論仏骨表」をもってした、命がけの諫言であり、中国における廃仏論の初めであり、代表する論文であった。

しかし、結果として仏を崇拝する憲宗皇帝の逆鱗に触れ、潮州刺史に左遷されたが、憲宗の死後、皇帝が変わると、宮中に呼び戻され「国子祭酒」に復職したという。

密教の呪詛は、仏教の思想からいって邪道とされている。

七〇〇年代の皇帝、玄宗李隆基はことのほか呪術が好きだった。景教（キリスト教）やゾロアスター教などの伝導師が皇帝の庇護を受けんものと、朝廷側の道士と呪術の技を競って皇帝の歓心をかおうとした。ことに、密教を中国に持ち込んだ金剛智の直弟子の不空三蔵でさえ、玄宗の興味を得るために邪道とは知りながら、あらゆる呪術を用いて皇帝の権力を密教の伝導に利用し、主流だった道教に対抗したのである。

それから約五〇年を経て、不空三蔵が広げた密教は急激に衰えをみせはじめている。この時代、仏教は滅亡の危機にあり破仏の寸前であった。丁度その時期に空海が長安に入り、仏教の頂点にあった恵果阿闍梨から密教すべての灌頂をうけて日本に移し変えてしまったのである。

その後、中国では、ある意味で仏教は姿を消したとされるが、日本では美事に開花して今日に至っている。

玄宗が七五六年に没してから呪詛は疎んじられて、七代粛宗、八代代宗、九代徳宗、十代順宗の各皇帝は、道士の慣例的な行事としての呪詛以外にさしたる関心を示していなかった。

八〇五年に十一代憲宗が皇帝となるや、呪術は俄に復活した。

般若三蔵は呪詛を軽視してこれを行うことを忌み嫌っていたが、ある時、憲宗皇帝に請われ、やむなく観音像を呼び寄せるや皇帝の目前に立たせて、憲宗をして幻の立像に跪ずかせたという。が、般若の弟子である霊仙は、呪術を芸人のように、なんの苦もなく操ってみせ、宮廷の官吏たちの腰痛などはたちどころに癒してみせた。

憲宗皇帝が霊仙の呪詛能力を畏れたのには訳がある。

日照りが続き、このままでは秋の収穫が危ぶまれるとして、宮中では道士の雨乞いは毎日のように行われていたが、その甲斐もなくこのところ一向に雨が降る気配もみせなかった。その頃、まだ般若三蔵は存命ではあったが、病に臥し殆ど頭の上がらぬ日々を過ごしていた。ある早朝の未だ暗いうちから朝廷より急な呼び出しがあったため、般若の代理として霊仙が登城し憲宗皇帝に拝眉した。

憲宗皇帝は不機嫌であった。

「このところの日照りは性が悪く、道士たちの雨乞いでは埒があかぬ、雨を降らせよ。雨さえ降れば、恵昭太子の霊もなぐさめられように」

霊仙は憲宗の顔から目を逸らせたまま「いまはなりませぬ」と答えた。

「なぜだ？」

「あと半月、お待ちください。必ず雨がやってまいります」

「待てぬ、これから一五日も雨が降らなければ、渇して死人もでよう。いま、降らせ」「なりませぬ」

霊仙はきっぱりと申し立てた。

憲宗は霊仙の気迫に圧されるようにたじろいだ。

たじろいだ分だけ不機嫌さが増し、蒼白な表情を固めた。

側近、侍御史の袁尭山が霊仙に向けて一喝した。

「無礼な、ご前にむかって、ならぬとは何事だ！」

袁は道士から侍御史まで登用されたほどの優れた才子である。

「ならぬと申し上げましたのは、いま無理に雨を呼びますと大きな災いを招きます」

霊仙は静かに返答に及ぶ。

「なにを馬鹿な、これ以上の災いがあろうか。街は熱で焼け、人民は渇き、畠は焼き砂と化し、穀物は全滅だぞ！」

袁は憲宗になりかわったように霊仙を追いつめてくる。

「しかし、いま雨を呼べば、それ以上の災いがまいります。しばらくお待ちなさい、半月の後には慈雨が訪れ、街も人も畠も元に戻るのでございます。ましてや、法門寺の仏舎利を宮中にお迎えして大規模なご供養をなされて未だ日月も浅そうございますれば、しばらくお控えいただくべきかと・・・」

「戯けたことを！　われら道士たちが毎日交替で雨乞いしているのをみていて、怖じ気づいたか。おそらく雨を呼ぶなどという術に自信がないための言い逃れであろう。貴殿にその自信がないのなら、般若殿をこれに呼び、雨を降らせよ」

「師は病で伏せております」

「かまわぬ、呼べ、そして雨乞いせよと伝えよ」

「お待ち下さい。いま、雨を呼ぶなどたやすいこと。師を招くほどのことはございません」

「ほざいたな！　リュシェン、いまの一言は、われわれ道士に対する挑戦とも取れる。きっと降らせてみよ」

「災いは底知れぬものとなりましょう」

「くどい。ご前は雨を望んでおられるのだ」

「民は死に穀物は流れ、地形は崩れ、山野の悉く失われますぞ。不吉ながら皇帝のお命までも危うい」

憲宗皇帝が霊仙と袁のあいだに割って入った。

「かまわぬ、すべて失うといえども、すべては余のものじゃ。霊仙、思い切りやってみよ」

「そこまで仰せなさるなら、霊仙もこれ以上は申しませぬ」

袁はあざ笑いながら霊仙に宣告した。

「もしならざるときには、覚悟されるのだな」

「ご存分になさいませ！」

「よし、リュシェンが請雨業を行う。リュシェンの望むものを揃えよ」

憲宗は機嫌のよい声で側近の宦官に命じた。

霊仙は平伏し、顔を上げたとき袁に哀れむような視線をむけて「くれぐれもご前をお守りください」と言い置いて、霊仙はそのまま山水池を望む凌煙閣に登り、沙羅樹の長楕円の葉を大量にいれた大鍋に白湯を注がせるや、いきなり呪詛の業にはいった。

その時、遙かなる地平線の東が明らみ真紅の太陽が昇りはじめた。

燃えさかる炎が湯をたぎらせ、霊仙が沙羅樹の葉を次々と大鍋に放り込む。

沙羅樹の葉から紫煙の霊気が巻き上がっては、糸のように青空に消えていく。

地平を出た太陽は勢いを増して白光を放ち、地上の水気を干し上げていく。

ぎらぎらの太陽に向かう霊仙の霊気は四散し虚しく萎えてしまうようであった。

炎天の行者霊仙の小さな体は、全身の汗でまといつく衣服が透けて、より小さく震えるかにみえた。

昼に太陽は中天に至り勢いが倍ほどに広がって、更に灼熱の力が増し、光輪が黄金色に輝く。やがて太陽の白熱が天空全体を覆いつくし白色の天蓋が宙に浮いたようになった。

もはや地上のすべては生命力を失い、萎え、焼き尽くされていくかにみえた。

太陽が西にゆらぎはじめた時、霊仙が凌煙閣の祭壇に立ち上がり、天空に玉を放った。どれほどの時間が過ぎたであろうか、ぎらつく白光の天蓋が薄い紫がかった布のように変化しはじめた。今まで、ぴたりと微動だにしなかった地上に、かすかな流れが感じられるようになった。風か、風の動きか、人々は、いまでは既に薄紫からこい紫に染まった妖気をふくむ天空を仰ぎ見て、畏れるように走り、隠れ、家々の戸を閉めた。

紫の幕が墨のような暗黒の穴となり、奥深い穴底から風と雲が盛り上がった。

大地が揺れ、頭上を裂く雷鳴が火柱とともに長安城に襲いかかった。

東西十八里、南北十五里の城郭が傾き、春明門と開遠門は火柱とともに吹っ飛んだ。

「やめよ！」

憲宗皇帝は畏れて叫んだ。

「やめよ、リュシェン！」

皇帝は袁御侍史に手を引かれて逃げ惑った。

憲宗の後悔はもはや遅すぎた。

暴風雨は二日二晩吹き荒れ、城内は水浸しとなり、長安郊外を流れる渭河は氾濫して耕地を悉く埋め尽くした。十万人にも及ぶ死体が濁流に押し流され、小高い中州に累々と漂着していく。民家の半数は倒壊し、城壁は崩れ落ちた。

宮廷の内務官僚たちが、この膨大な被害総額の集計に挑んだが、豪雨被害、山崩れ災害、河川の氾濫、建造物倒壊、死傷者、行方不明者、どれを取っても史上初の記録であるがために、予算の手当ても、避難者への物資供給すらままならず、お手上げ状態が続いた。もはや唐朝首都長安の復活はならないであろうという絶望感が、憲宗皇帝をはじめとして、官民すべてに蔓延し始めたころ、俄かに、天然に動きが出たのだった。

風が吹く、山に、里に、川に、倒壊壊滅の都の王路に、風が吹いている。

大池となった洪水跡の腐れかけた泥濘から水が引きはじめ、生き残った動物たちは避難していた穴蔵から這いだしてきた。不可思議にも土砂に埋まった畠にはみるみるうちに瑞々しい作物がよみがえった。

あっというまに、木々の緑が萌えたち、草花が癒しの色香を添えた。

破壊され傾いた凌煙閣の眺望台に立った憲宗皇帝は、破損したとはいえ長安城の活き活きした輝きと、広野の柔らかな緑をよみがえらせた悠久の大地を見た。

疲労濃い皇帝の姿は哀れにみえこそすれ、憲宗の心は晴れやかに凪でいた。

側にかしずいている袁も疲れている。

「リュシェンを呼べ」

「リュシェンは坊にもどり長安城の復活の祈祷を続けております」

「それだ！　霊仙の祈りが風を生んだのだ！　袁よ、リュシェンを恨むでないぞ」

「とんでもございません、今より心からリュシェンを慕うことを誓います」

袁は平伏して涙ぐんだ。

「余も、大切にするであろう」

いま、恩讐を越えて、恵みを受けた大地を眺める憲宗と袁の瞳には感涙があふれる。

このことから、憲宗皇帝はよく霊仙の意見を採り、畏れ、寵愛の度を深めていった。宮中内殿において唐九代の徳宗が寵愛していた宦官の逆恨みによって、憲宗皇帝が暗殺された。

時に、中国暦元和一五年、西暦八二〇年正月のことであった。

日本人の霊仙は最大の後援者を失い、突如として孤立した。

師と仰ぐ般若三蔵は三年前に逝き、僚友婆羅門は天竺に去り、外国人の僧侶としては破格の待遇と地位を与えられていたものの、宮中において最大の庇護者であった憲宗を失った霊仙の立場は紙屑に等しいものとなってしまった。

憲宗の過剰な溺愛と信頼のため周囲の嫉みの対象となっていたことから、唯一の庇護者の死はすべてを失うことで、宮中の政務のなかで四面楚歌の状態にある霊仙が、このまま長安の都に留まることは難しいものがあった。

霊仙は、皇帝の存命中に何回となく日本への帰国を願い出たが、憲宗はそれを許さなかった。曰く「日本国の人霊仙、請益して功を究め、還を擬する際、官家、惜しんで留め、あえて帰るを許さず」とある。

この時、もし霊仙が憲宗の許可を得て日本に帰国していたら、大唐国憲宗皇帝から認められ、「三蔵」の称号を贈られていた世界で八名、日本人ではじめての三蔵の帰国となる。そうなると霊仙は、当時の本邦随一の国際通として天皇家の信任を一身に受け、その名声は最澄、空海を凌いだであろうし、叡山天台宗と高野山真言宗の命運も今日の繁栄には及ばず、大きく形を変えていたであろうと大胆に主張する学者も多い

その憲宗が急死し、楯を失った霊仙は、途方にくれている。

日本に戻るには、霊仙自身の気力が萎え過ぎている。

気力を充填してから帰国せねば、最澄、空海に太刀打ちできまいと考える。

「ウータンシャン（五台山）へ行こうか」

不空三蔵を師と仰ぐ般若三蔵が、二十六年前の貞元十年（七二九年）三月に長安を発って五台山に入った話は、本人からよく聞かされていた。

五台山は文殊信仰の山である。

「リュシェンよ、ウータンシャンへ巡錫するがよい」

霊仙には、いま、般若の声がはっきり聞こえた。

余談となるが、古来中国では菩薩の居住する霊山があると伝承されている。即ち、観音菩薩の普陀山（浙江省）、文殊菩薩の五台山（山西省）、普賢菩薩の峨眉山（四川省）、地蔵菩薩の九華山（安徽省）が中国の四大霊山といわれている。

この中で山西省に聳える五台山は、中国本土のみならず、印度、西蔵、朝鮮半島、日本においても多くの信仰を集め、現代に至るいまも、生身の文殊菩薩の住む聖地として巡礼の絶え間がない。わが国からは、平安時代に霊仙、恵運、宗叡、円仁が、鎌倉時代には周然、寂照、成尋などの諸僧が五台山を訪れたという記録がある。

霊仙は五台山へ旅立つ前に小玲に会わねばならないと考えた。

どうしているのであろうか、徐経蘭が霊仙の元を離れて小玲の実家「初筆」に身を寄せたということを耳にしてはいたが、その後どうなったのか、霊仙はこの一年ほどの間、憲宗皇帝の秘事を司るに多繁で、小玲の身辺にまで思い至らなかった。

憲宗皇帝の葬儀が終わったいま、久しく途絶えていた自由になる時間というものが、霊仙に戻ってきたのだった。

かつて小玲が頭陀を配っていた青龍寺にいけば会えるかもしれない。

霊仙は芽吹きはじめた雑木林の小道を登って行った。やはり小玲はいた。

青龍寺の石段に腰掛けて頭陀の荷も持たずにぼんやりしている。

粗末な身なりで、あの瑞々しい華やぎは失われてしまっていた。

霊仙は立ち止まってしばらく小玲の姿をみつめた。

これが、まことに、あの美しかった小玲であろうか。

風が霊仙の気を運んだのか、小玲が顔をあげて霊仙へ向けて体を泳がせる。

「リュシェンさまでは」

「そうです。相変わらずシャオリンは勘が鋭い。ここへ来ればあなたに会えるかもしれないと思ってきてみました」

「わたしも同じことを考えてお待ちしていました。ここで待っていればリュシェンさまは必ずおみえになるだろうと思っておりました」

霊仙は、小玲のあまりの変わりように息をのんで立ちすくんだ。

声がくぐもるように歪むのか、息がもれて聞き取りにくい。歯が抜け落ちて言葉が唇から逃げるようだ。

小玲の変貌は風貌ばかりではないようだ。

はだけた胸元の乱れ、太くなった首筋、引きつるように歪んだ口元、膨らんだ腰回りなど、小玲の体の動きに淫らな肉感の模様が浮きでている。

ただ、目元の美しさは変わらぬままだ。

針で刺し潰した瞳は視力を失ったとは思えぬほど緑が濃く、翡翠のように澄みきっている。

「長いあいだ会えなかったですが、それでも二年はたっていないでしょうに、この間に、あなたに一体なにがあったというのです」

霊仙は一歩、身を引くようにしていった。

「行かないでください」

小玲が手を差し出してひきとめる。

「どこへも行きはしません」

霊仙は小玲と並ぶように石段に腰をおろした。

「わたしは、そんなに変わりましたか」

「なにがあったのです」

「あなたが来られないようになってから、ショジェンラン（徐経蘭）がわたしの家に入り込んできました」

「その噂はきいていました。ショが僧籍を抜けてツォヴィ（初筆）に雇われたということでした」

「最初はそうでした。父のツォハイヴォ（初海波）がショジェンラン（徐経蘭）の身の上話に同情してしまって、住み込みで雇い入れたのです。読み書きができることが父に気に入られ、父の代筆や、私の身の回りの手伝いをしたりして、初めのうちは腰も低く店の者たちとも巧くやっているようでした。もともと小才がきき、頭の回りが早いので三ヶ月ほど経つと、店の様子をのみこんで仕入れやお得意の仕組みなどを覚えると、徐々に本性を現しはじめたのです。シォの本性というのは、まるで物の怪そのものでした。私は夜毎シォに犯されつづけました。

父は、シォの秘法の毒薬で殺されました。

父ばかりではありません、主だった番頭たちも次々に毒殺されていき、古くからいる使用人たちはシォを恐れて、みな店を辞めてしまったのです。塩の密売取締りの警使たちが、噂を聞きつけて父や番頭たちの不審な死に方に疑惑をもって店に何回か調査にきたのですが、シォが使う毒には時間差があり、いつもシォが仕入れや販売で長い旅に出ている留守の間に死んでいるので、シォを殺人の罪で捕まえることはできませんでした。シォには不思議な商才があって、新しい筆を開発したり、仕入れ原価を落とし、販売先を増やす才覚は見事なもので「ツォヴィ（初筆）」の繁盛は、父の代からみると倍以上に盛り上がったようです。商売で稼ぎ、その分を遊興に当てる甲斐性は天性のものなのでしょう。シォは若い女を次々に家に引き入れて、毎晩のように酒池肉林の饗宴を楽しみながらも初筆の商いを広げていっているようです。父や母を亡きものにして家ごと乗っ取り、私の体を好き勝手に弄んだ揚げ句、私を裏の小屋に放り込んで、ぼろ布のように捨てたのです。今の私は餌だけ与えられている野良犬とかわりありません。私はシォに復讐したいと念じつづけ、ここであなたをお待ちしておりました」

小玲は涙もみせず恥じらいもなく語り終えると、霊仙に念を押すように「初筆」の恨みをはらしてくれといった。

霊仙は目を閉じて小玲の背中をさすりながら話しはじめた。

「シャオリン、あなたはシォを許さなければなりません」

「どうして私がシォを許すことなどできましょうか」

小玲が身震いすると首を大きく振った。

「勿論、現在のままであなたはシォを許すことはできますまい。私が、あなたがシォを許せるようにしてさし上げましょう。人は人を許さねばならないのです」

「シォはなぜ、私たちにこのような酷い仕打ちをいたしたのでしょうか」

「貧しさに育った者たちが抑圧された過去を呪い、富める人々への復讐に名をかりて行う殺戮こそ、階級の差を逆恨みした罪深い犯行といえるのではないでしょか。シォが犯した犯行は己の欲望をほしいままに、善意にみちたツォヴィ（初筆）の富と平和を独り占めにし、自分の力に酔いしれ、なにをしても妨げるもののいない今日という日に驕り昂って、やりたい放題の享楽の日々をすごしているのでしょう。恐ろしく罪深いことです」

「そのようなことをリュシェンさまはお許しなさるのですか」

「私が許すのではありません。シャオリンが許すのです」

小玲はからだ全体をすぼめて、霊仙の言葉に強く抵抗するかのようであった。

霊仙は立ち上がると小玲の手をとって「シォにあわねばならぬ」と、急に歩きだした。

青龍寺の坂道を下りながら霊仙は小玲と初めて会ったときのことを思い出していた。

小玲は霊仙を自分の家に案内しながら「動物たちがわたくしに、雨が降りだすから早く帰れといっております」といって、おかしそうにころころと笑った。

あの小玲がいまはすっかり姿を変えて、淫靡な性に取り憑かれ、淫らな性技の虜になってしまっている。

元はと言えば霊仙自身の浅はかな自信過剰から盲目の小玲を治療したことに始まったのである。

霊仙と小玲が初筆に入ると、店員たちが仕事しまいの片付けをしているところで、霊仙を見知らぬ新しい使用人とみて、誰ひとりとして二人に見向きもしなかった。

ちょうどその時、店の奥から出てきた男が霊仙をみかけ「リュシェンさまではございませんか」と驚きの大声をあげた。

「ええ、リュシェンです。暫くでした。ちょうどよかった、知らない人ばかりで、どうしょうかと思っていました。チャン（張）さんでしたな」

「ほんとによく私の名前など覚えていてくださいまして、ありがとうございます。お久しぶりでございました。お噂にお聞きしていますがリュシェン様は宮中で大層なご出世をなされたそうで、とても私などがお話できる方ではない、手の届かぬ所へいってしまわれたのでございましょう。ご出世、おめでとうございます。まあ、お嬢様もご一緒で」

その場へぴたりと座り丁重に平伏した。

霊仙は張に合掌して挨拶をすませると「シォは在宅ですか」と訊ねた。店中の者たちが手をとめて主の名を呼び捨てにする霊仙と小玲を呆然と見比べている。

張は眉をひそめ、奥のほうを顎で指すようにして「いることはいますが、今は来客中でございまして・・・」と意味のある笑いをみせた。

「かまわぬ、どうせ女の客であろう」。霊仙は小玲の手をひくと強引に奥へ進み、以前は小玲の父親、海波の居間であった奥の座敷へ向かった。今ではこの家の主人となった徐経蘭が自分の部屋として使っている筈である。霊仙が声もかけずに襖を開けると、徐が女を抱きすくめ、あらわな乳房に顔を埋めているところだった。

「派手にやっておるのう」

霊仙は笑いながら部屋へ押し入った。

徐は顔をあげて唇を拭くと、突っ立っている霊仙を下から見上げた。

女の乳房が徐の唾液でねっとりした光に濡れている。

徐経蘭はなにが起きたのかを知ろうとするかのように、ゆっくり女を放すと、座りなおした。

「とんだところを邪魔したようだな」

霊仙は持っていた布で汚れを掃くように床を払うと、真言を呪えながら座った。

「シャオリン、ここへお座りなさい」

小玲の手を引いて自分の横に座らせた。

徐経蘭は邪険な表情で女を追い払った。

声も出せず、挨拶もできないほど硬直した徐が、いまさら小玲など連れて何をしにきやがったのだ、とばかり恨めしげに霊仙を睨みつけている。

こんな塵屑のような男をかまってもはじまらない。

霊仙は手提袋から大元師明王法匠指定の法具四ケを取り出すと霊仙と小玲の座っている四隅にうやうやしく配置した。

それを見た徐経蘭の顔が強張った。

恐怖がつのってか徐の全身がふるえ、前歯が音をたてる。

なにが始まろうとしているのか、徐経蘭は恐怖のなかから知ろうとしていた。

いま霊仙がやろうとしていることを徐が悟った。

霊仙の動きは早かった。

徐に向かって握りしめた印形を突き出すと同時に真言を唱える。

「ノウボウ　タリツ　タボリツ　ハラボリツ　シャキンメイ　シャキンメイ
タラサンダンオエンビ　ソワカ」

腰をあげて逃げようとした徐経蘭の動きは一瞬の遅れをとっていた。

霊仙の呪詛の声が低く床を這って流れだした。

もはや徐経蘭の体は硬直して微動だにできなかった。

徐には、霊仙の呪術の技がいかに恐ろしいものかわかっている。逃げなければならない、立ち上がろうとするが徐の体は釘で打ちつけられたようにびくりとも動かない。

徐経蘭は驚愕の瞳を見開いた。

霊仙の気迫が緊張を呼び、徐の前に並べられた山海の珍味に彩られた膳部の皿が投げ出され、酒杯が舞い上がったかとおもうと、放りつけられたように壁に当たって砕ける。部屋が暗くなり、霊仙と小玲の座っているところだけが明るく浮きだしてみえる。風が動く。なま温かい霧が、烟のように徐経蘭の体をつつみはじめた。お助けください、という言葉がでない。だせない。声そのものが出てこないのだ。

とんでもないことが始まるのだ。

これを阻止しなければならない。

徐経蘭は殺されると思った。

謝りたい、お詫びしたい、命乞いをしたい、徐は声にだして、自分の罪を告白したいとねがっていた。しかし、言葉どころか掠れ声ひとつ出すことができなかった。

いま、声さえ出せれば霊仙をまるめこむぐらいの嘘なら、徐経蘭のお手のものである。

その声がだせない。

あがくように身悶えする徐の周りには湿気に誘われたのか、数百匹の蒼く光るナメクジがクチュクチュという音をだしながら、這い回っている。

東チベットの辺境に育った徐が子供のころ聞いた話によると、蒼いナメクジは人の生き血を吸うという。

腕に激痛が襲う。

蛇のような大百足が噛みついている。徐が掌で払おうとすると、その掌に別の百足が落ちてきて食いついた。

おもわず天井を見上げる徐の顔にバタバタと大百足が飛びかかって、鉤のような鋭い爪をたてた。

徐の膝に数十匹の大百足が這い上がってくる。

徐経蘭は両足を蹴りだして大百足の群れを追い払おうとするが、大百足は緑の目を輝かせ、数百本の赤い足鉤で徐の膝頭にくいさがり、黄色の牙を剥き出して迫ってきた。

大百足の群れは徐経蘭の膝に噛みつき肉を喰い千切る。

吹き出す血に染まった大百足は肉にしゃぶりつき、傷口を押し広げ、筋肉を断ち白い膝骨を齧る。

小玲は呪詛する霊仙の隣に身を縮めて、ギシギシと床に爪をたて這い回る何者かの音をきいていた。

なま温かい霧に乗って血の匂いがたちこめる。

絞りだすようなうめき声が小玲の胸にくいこむ。

小玲はつきあげてくる悲しみのようなものを感じていた。

膝から喰い千切られた徐経蘭の脚が切断されると、ゴトリと床に落ちた。

この時、はじめて徐経蘭の絶叫が音になった。

小玲の耳を切り裂くような声であった。

転がった脚が動く。

どこからともなく集まった土鼠が争うように切断された脚に群がっていた。

土鼠たちは、その脚を食いつくすと大百足を喰い散らしながら徐の体中に取りついてのぼってきた。

一匹の土鼠が徐の耳朶に噛みつくとみるまに片耳を食いつくした。

徐経蘭は大声をあげ、這い登ってくる土鼠を払いのけようとするが、腕に噛みついて離れない数十匹の土鼠の重さで動きがとれない。

苦痛と恐怖で内蔵が締めつけられ、身体中の筋肉が急激に収縮して硬直してしまったのだ。土鼠は容赦なく左腕の肘を食い破る。

左手が床に落ちた。

徐は重い右手をのばして落ちた左腕を拾おうとしたが、その右手に紫色の鳥が飛びかかってきた。徐は鳥を追い落すために右手をふったが、かまわず鳥は掌に爪をたててしがみつくと、徐の指先の爪に嘴を差し込んで、爪を引き剥がそうとする。

痛みが徐経蘭の脳天を突き刺す。

鳥は爪を剥がすと、血に染まった柔かな指先の肉をついばんだ。

徐経蘭の叫び声が家中に響いた。もう一羽の鳥は徐の頭に止まると首を延ばして、眼を突き刺した。目玉が垂れ下がり頬を伝うのを土鼠が横からかっさらう。鳥が土鼠に飛びかかって土鼠の頭に嘴を突きたてて砕くと、徐経蘭の目玉を取り返した。

小玲は、鳥のはばたきと土鼠の悲鳴のなかで、抵抗することのできない徐経蘭がずたずたにされていく様を想像していた。

許してやってほしい!

小玲の感情が波立った時、すべての音が止まり徐経蘭の荒い呼吸の音のみが聞こえた。血に染まった床の上に徐経蘭は仰向けに倒れ、荒々しい呼吸で胸が上下に揺れ動いている。

獣たちはどこへともなく姿を消していた。

騒ぎを聞きつけて駆けつけてきた店の者たちが廊下に並んで、徐経蘭の無惨にも俵のように転がされている肉塊をみつめて、ただただ恐ろしさに固まっている。

血に埋もれ床に転がっている徐経蘭の体は半分になってしまったかのように小さくなってみえた。両足の膝から下が消え、左腕の関節から先がなく、右手の指が五本とも喰い千切られてしまった。頭の右耳朶がなく、左の眼窩は血溜まりとなり胡桃が一つすっぽりと入りそうな穴があいている。

店員たちは誰一人として声をだす者もなく、身じろぎすらできずに、じっとこの恐ろしい現場を凝視しつづけていた。

突然、光線が走り抜けるような鋭い声が一同を我に返した。

霊仙の一喝であった。

周囲の者たちがなぎ倒されるような鋭い気合だった。

やがて霊仙は静かな声でいった。

「シォジェンランはやがて息を吹き返しましょう。しかし、二度とこの店を続けることはできますまい。皆さんはお引き取りください。チャンさん、あなたがこの店一番の古株だから、好きなように処分したらよろしかろう。ただし、ここにおられるシャオリンとシォジェンランの持ち物にはいっさい手を触れてはなりませぬ。もし、この二人をかまうようなことがあれば、その者は末代までも恐ろしい祟りにあいましょう。わかったら、早くいきなさい」

畏れをなして店の者たちが立ち去ると、霊仙が小玲の手をとると倒れている徐経蘭の側に座らせた。いつしか徐の体から流れ出た血潮は消え、傷口は乾いて茶褐色に凝まっていた。

「シォジェンランの体に触ってみなさい」

小玲は暫く動くことができなかった。徐経蘭はどうなってしまっているのだろう。徐経蘭の体に触れることは、彼を許すことになるのだろうか、あのとき、許してやってほしいと願ったのは自分ではなかったのか。小玲の手が自然に徐経蘭の体に向かって流れた。

「そこが股で、膝から下はない」

霊仙の落ちついた声だ。

「両脚ともでございましょうか」

「そうです。その上のほう、左腕は肘から先はない。右腕は残っているが右手の指は五本ともない」

「ああ」小玲は胸が疼いて、突き上げてくる胃液を吐いた。

「顔を触りなさい」

小玲が徐経蘭の顔に掌をあて、指で鼻をさわり、目に触れたとき小玲はかすかな声をあげて手をひっこめた。

「右の目がえぐり取られている。右の耳朶が噛みきられて無い」。小玲は引っ込めた手を徐の耳のあたりに這わせていく。耳朶がなく傷口が指先にぎざぎざに当たる。なんと！ひどいことになっていること、言い知れぬいとおしさが小玲の身体中にわなないてくる。

「許せますか」

霊仙がしずかに問いかける。

小玲の動きが止まる。

これほどまでにしなくてもいいのではなかったのか、という反発が、小玲の心に満ちた。小玲は悲鳴に似た声で叫ぶと徐経蘭の体に身を伏せた。

霊仙は立ち上がった。

「二人してどこか静かなところへ行ってください。やがてこの家は略奪にまかせることになるでしょう。今のうちに手元にある金目のものを集めて、肌身から離さないようにしてください」

霊仙が長い廊下を渡り店先に出ると、使用人たちが先を争うように手当たり次第、略奪の限りをつくしていた。

これでは初筆の財産は一夜にして失われてしまうであろう。

外へ出ると西二街通りの石畳の冷気がひやりと足元に忍びよる。

月のない闇夜に鳥の啼く声が冷え冷えと細くながく尾をひいた。

これから四年の間、小玲と徐経蘭の消息は途絶えることになる。

一方、遙か日本国から長安へ向かう一行があった。

霊仙が空海と共に入唐して十六年の歳月を経ていたが、彼の長安での名声が朝廷に届いたのか、嵯峨天皇は慰労の供物を遠く唐の国にある霊仙に贈ろうとした。

だが、ここ暫くは長安への遣唐使船の企画がないままに放置されていたのだったが、たまたま渤海国からの入貢使が朝廷を訪れ、これから唐を通って渤海国へ帰るという。

それではということになり、嵯峨天皇は逼迫している財政のなかから大枚金百両という付託物を工面し、長安の霊仙へ届けてくれるよう渤海の僧侶「貞素」に託したのである。

千二百年前、平安期の百両と言えば現代の五億円以上の価値ある大金である。

そのとき既に、霊仙が長安を後にして五台山へ向かったことを貞素等遣貢使一行は知る由もなかった。

ウータンシャン（五台山）へ

憲宗が暗殺されてから一年後の長慶元年（八二一年）の二月に、霊仙は新しく皇帝を継がれた第十二代穆宗の許可を得て、五台山へ向かった。

長安から五台山までの旅程は二ケ月。街道筋は六〇〇里（直線距離で二〇〇〇キロ）。霊仙は、行く道々で寺周りをしながらの旅となるし、ましてや、隼の「テン」を連れての鷹狩り道中を楽しもうというのだから五台山に着くのは五月になると考えていた。「テン」を肩に載せて、雉やムクドリを捕獲しては、訪れる寺への手土産としながらの殺生旅は、霊仙が生まれて初めて経験する誠に楽しい旅となった。

少し予定より日数がかかり、霊仙が五台山に入ったのは五月の半ばであった。

五台山は、現代でいうならば山西省五台県北東部に位置し、山西省の首都太原市から険しい山道をバスで三時間、西安から太原まで鉄道で一一時間かかるから、まるまる一昼夜二〇〇〇キロメートルの行程である。

わかりやすくいうなら、富士山の八合目（三〇〇〇メートル）に相当する高さに五つの峰が二五〇キロメートルの円周上に弧を描いて峻立し、その五つの山々、東台、西台、南台、北台、中台に囲まれた広大で平坦な高地にある盆地を五台山というのである。

その規模は高野山を遙に凌ぐもので、かの文化大革命の難を逃れて今でも五台山には七六寺、五六三八の殿堂楼閣があり、そのうち六三寺にある仏像は大小あわせて三万四千一百八体とされているが、唐の時代には三〇〇を超す寺院があったと思われる。

霊仙は遙か長安からの旅を終え、標高二八九〇メートルの中台の頂上にたって盆地を見下ろしていた。

盆地といっても、海抜二五〇〇メートル以上の高地だから、春とはいえ、暮れ方からは肌寒い風が吹く。

盆地には澄みきった清流が流れ、その川に沿って村落があり、人々が集まって暮らしをたてている。川に沿って白樺の林が自生し、麓から霊仙の立っている足元まで、輝くような白い綿毛につつまれた淡雪草（エーデルワイス）や、蘭など、白と紫の敷物をしきつめたような花々の広大な群落がひろがり、馥郁とした花の香りがこの山里全体にたちこめている。

霊仙は、薬草に詳しい。

松虫草、柳蘭、われもこう、鹿子草、川原松葉、撫子、塩釜菊などの中で、岩地の窪みに寄り添うように咲く黄色い山罌粟の花を見つけた。

「これは珍しい」

霊仙は日本では見ることの出来ない黄色いケシの花弁に顔を寄せた。この花弁は、局所の麻酔に強い効き目をあらわすのだ。霊仙は立ち上がると伸び上がるようにして五台の里を見回した。

なんと美しい所であろうか、眼下にひろがる田畑と林の豊かな緑のなかに、純白のパコダの塔が点在し、その数はかぞえきれないほどである。

霊仙はかって般若三蔵から教えられていた五台山の台懐という寺町を目で追っている。小高い丘陵の麓から山裾にかけてひろがる台懐は、寺院の建物が密集して塊になっているようにみえる。

高く巨大な白塔のパコダを中心にして寺と寺は土塀で仕切られているが、道と石段と階段で結ばれ、調和の美しい町並みを構成している。

「なんという尊さであろうか」

霊仙は、五台山全域から身を包むように吹き上がってくる霊気を全身で受け止めて立ち尽くすのだった。

とうとうやってきたか、この五台山の地こそ霊仙終極の修行地であると自覚していた。宮中の命で翻訳した『心地観経』の訳出に際して師である般若三蔵が原本にない八大霊塔の仏塔信仰を訳経の内容に挿入させた。それはインドにおいて仏陀の生涯に縁の深い八大聖地に八大霊塔を祀るという信仰形態があり、八大霊塔の思想がチベットに入って、八大チョルテン(ｍｃｈｏｄ ｒｔｅｎ)として広く流布されたのを般若三蔵が身をもって実際に体験してきたことによる。

般若三蔵は貞元十二年（七九六年）三月、長安を発って五台山に巡錫している。奇しくも十八歳の霊仙が、奈良東大寺において得度試験に合格し、霊仙の名を拝命した年であった。

霊仙はここで、太元師法を究め、仏塔信仰を深めていくために五台山へやってきたのだ。霊仙は、馥郁とした花の香りに酔いながら台懐からやや離れた金閣寺堅固菩薩院へ向かう。金閣寺は密教ゆかりの寺であって、降伏忿怒の太元師明王が本尊として鎮座しているのだ。その後、五台山の地にあって霊仙は、この寺、金閣寺堅固菩薩院を基地とし、停点普通院、鉄懃寺、七仏教誡院などを転々とすることになる。

渤海国の入唐貢使貞素は、新皇帝拝謁を機会に日本国の嵯峨天皇よりの預かり物を宮廷内供奉僧の霊仙に渡そうとしたが、霊仙は既に五台山金閣寺堅固菩薩院に移ったという。

長安で五ケ月間の儀礼諸式を済ませた渤海国僧の貞素は、帰途、嵯峨天皇からの委託品を携えて五台山へ向かった。

三百人はいた弟子達を自由に開放して、一人の供も連れず、独りで五台山に乗り込んできた霊仙は、金閣寺堅固菩薩院に寄宿した。

金閣寺は、南台の頂上から西に向かって下り、清涼石の近く、西北嶺の麓にある。唐の大歴五年（七七〇年）、皇帝代宗李豫の勅使として、高僧雲丐が五台山に登り、功徳を修めて建立した寺である。霊仙は山門を潜り抜け、境内広場に入ったとき目を見張って呆然と立ちすくんだ。金一色の大殿は太陽に輝いて五色の光輪に包まれていた。銅で鋳造した瓦に金を塗りこめ、仏閣全体を金箔押しの金閣に飾ってある。殿外の両側に獅子の巨大な一対の石像が牙を剥いて立つ。

霊仙三蔵は内供奉の冠をいただき、宮中の内道場に出入りを許された僧である。霊仙が五台山へ巡錫するについては、憲宗皇帝亡きあと唐朝十三代穆宗李恒の許認可と推薦を得てきている。迎い入れる金閣寺側としては、日本国内供奉、霊仙三蔵ご一行が列をなして訪れるものと予想していたが、やって来たのは粗末な衣装の、小柄で一見貧弱にみえる霊仙一人であった。これには評価が分かれた。

霊仙の質素に見える装いを透かして発つ怪しいばかりの美しい容姿に醸し出される穏やかな人品に、地位見識を衒うことのない清廉潔白な人格だと、崇める者もいたが、その大方は、霊仙の身分に疑問を抱いた。

日本国が遣わした唐朝の内供奉僧ともあろうお方が、たった一人で旅するなど考えられないことである。それに霊仙が携えてきた土産というのが、本人が翻訳した『大乗本生心地観経』八巻だけで、こういう場合に慣例となっている、官給下げ渡しの土産がないことも、不審を募らせた。

朝廷からの贈物が用意されなかったのは、憲宗皇帝暗殺直後、穆宗皇帝着座早々のことでもあり、喪中の皇帝に目通りままならぬ時点での旅で、霊仙の出発が急であったことが原因したのである。

露骨ではないにせよ、五台山に於ける僧侶たちの対応に疎外感を意識した霊仙は、このままではならぬ、侮られ、軽く見られてしまっては取り返しのつかないことになるという危機感を抱くようになる。

霊仙は、金閣寺のみならず五台山全峰を総括した寺院、僧侶をはじめ五台山の郷に住まいする里人すべてに仏情を分かち与えることにより、自分に対する侮蔑を払拭すると同時に、彼らが霊仙を畏れ讃えるようにせねばならぬと思った。

その時期は早いほうがよい。

霊仙は天空に念じて構想を練った。

途方もない企画が構築され、霊仙三蔵はその実施すべき機会の到来を待つ。

一方で、宮中内供奉僧霊仙の孤高で鬼気迫る緊迫の日常をみるにつけ、心ある僧たちの間で密かに、この日本国からきた霊仙三蔵を羅漢の如しとして帰依し、弟子となるのを望む者たちが現れはじめていた。

もともと日本における霊仙の僧籍は奈良興福寺、法相宗の本山にあって、ここに住み、法相学を習学した。

この法相の義学僧であった霊仙に関して、当時興福寺の慈蘊が著わした『法相髄脳』の奥書に、「延暦二二年、遣唐学生霊船（仙）闍梨に附して大唐に渡る」とあることから、著者の慈蘊が入唐する霊仙に、この『法相髄脳』の書を託して、唐で日本法相の成果を披露せしめるとともに、部分的に不明な個所の疑問解明を依頼したものと思われる。

このことからも、霊仙が法相に通暁していた敬虔な学問僧であったことは明らかであるが、長安に至るまで、唐の国内を流転するうちに、インドの異僧、婆羅門の影響をうけながら次第に太元師法に傾倒して、鋭気な気性に変化していくことになる。つまり、敬虔な哲学僧から、呪詛呪術の怪僧への変遷といえる。

そうした霊仙の呪詛術をいまこそ、実施すべき時が訪れた。

宝暦元年の朝から風雨激しく吹きすさぶ中、霊仙は五台山の台内、台外を合わせて百三寺に数十人の弟子を走らせ、「今夜深更の刻限、満天の星空に金閣寺堅固菩薩院日本国僧霊仙自ら菩薩をお招きするによって各寺々の僧侶は全員寺外に出て、菩薩を拝したてまつるべし」と告げさせた。この暴風雨の最中に、満天の星空に菩薩さまをお招きするとは暴言なり、と取り合う者はなかった。

荒れ狂う風雨のなか霊仙は金閣寺を出て清涼山の頂点に立った。

五台山は古来、文殊菩薩応化の道場とされている。

この出典は晋代の訳書『華厳経』第二十九巻「菩薩住処品」にあって、経文に曰く「東北方に菩薩の住む所あり、清涼山と称す。過去、諸菩薩、常になかに住めり。かの地に、いま菩薩あり、文殊師利という。一万菩薩眷属ありて常に説法をなす」。しかし経文によると、その地が唐の五台山であるとは明記していない。インドからみて東北に当たるということである。当然、霊仙はこの経文を知っている。更に霊仙は、具体的に五台山が文殊菩薩の住むところだと指摘している経典を諳《そら》んじていた。

それを知る者は少ない。

即ち『文殊師利法宝蔵陀羅尼経』という。この経典には世尊が金剛密迹主菩薩に告げた言葉を載せ「われ滅度の後、南贍部州東北方に大振那（支那）という国あり。その国の中に五頂と号す山あり、文殊師利童子遊行して住み、諸衆生のため中において、説法す」と書かれている。

霊仙が清涼山に座して経文を唱えるや、風雨がぴたりと納まり、厚い雲は四散し天空は一面の星空と化した。

音の静まりを怪しんで寺から出た僧侶たちは、異常なまでに澄み渡る満天の星空にひれ伏した。

そこには一万の文殊菩薩が、光々と輝きながら天宙を遊泳していた。

一万体の菩薩群が、透明な銀細工の像と化して、天上から降下してくる。

見よ！

一万の文殊菩薩は五台山の寺々の五千六百三十八間の殿堂と、四千の白塔に降臨しつつあるではないか。

僧侶達は感涙して菩薩を迎えた。この様を聞きつけて村人達はすべて戸外に出てきて空を見上げた。この菩薩の観見は払暁の日の出まで続いた。

夜が明け、朝日が差し込む五台山の盆地に、華やいだ風が流れた。

昨夜の菩薩鑑賞で一睡もできなかった村人たちは、陽が中天に昇ってから目覚めた。のこのこ起きだした村人たちは、なにか、いつもと違う、長閑で、幸せ感に彩られた周囲が、得も言えぬ温もりのようなものに包まれているのを知ることになる。

昨日まで病床に伏せていた老婆が、起きだして庭を掃き、竈に火をいれて、湯をわかしている。足腰の立たなかった巡礼が歩きだし、びっこの野良犬や、片目だった猫たちさえも、五体満足に戻って駆けまわっている。村はずれの、樹齢三百年を越し、もはや枯れたかと思われていた老松の枝に若い松葉が芽生えはじめ、新しい生命を甦らせていた。

村中が歌声のなかにあった。

寺々の塔が輝きを増し、仏像は膨れあがるように艶やかな笑みを湛えていた。

菩薩降臨がもたらした幸福の季節を人々は胸ふかく吸い込んだ。

いま、霊仙は五台山あげての畏怖を受け、尊敬と畏れ、英知と狂気を相半ばする印象を全山の僧侶たちをはじめ、村人、巡礼の旅人たちに至まで強烈にうえつけていったのだった。

しかし、自分自身の目的がなんであったのかを自問するとき、霊仙の気は晴れない。

この虚しさはなんであろうか、呪術によって幻を具現してなにほどのことがあるというのか。奇をてらい衆目を集めることよって得たものは、ただ一時の饗宴にすぎないであろう。

己は、いつからこうなってしまったのか。

同じ遣唐使船で入唐した学僧空海が、密教の総てを日本に持ち帰ったのを聴くに及んでの焦りか、嫉妬か、その空海を超えようとする悪しき怨霊のなせる業か。

法相宗の義学僧としての唯識にあきたらず、太元帥法にのめり込んでしまった自分自身の破戒的なまでに過激な究明に抵抗することができなくなっている。

霊仙は発起した。

呪詛の技で自分を飾り、人心を欺くことの愚を繰り返すまいと。


そのころ西安から北へ向かって旅する男女がいた。

手押し車に乗った片目で足腰の立たない躄の男とその車を押して歩く全盲の女である。

車に乗っている片目の男が、全盲の女を導いているのか、数歩あゆんでは畦に突き当たり、一歩あゆんでは石に躓くという、見るからにたどたどしい旅姿であった。

小玲と徐経蘭が五台山へ向かう道は、まだ遥かな霧のなかであろう。


霊仙は身を浄め、無境に入った。

二十一日間の穀断ち絶食の業の後、七日間一睡もせずに自らの左腕に経文の細字による大智文殊菩薩の細密像を描いた。

その完成したる朝、弟子四人に霊仙の左腕を抑えさせ、鋭利な両刃の短刀で文殊菩薩を描いた自らの皮膚を長さ四寸（十三センチ）幅三寸（一〇センチ）にわたって引き剥がした。

血に染まった皮膚をぬるま湯で丁寧に拭いて板に針で止め、陰干しにする。

皮膚を剥いだ赤肌の傷痕は霊仙の二の腕いっぱいにわたって、無残な大怪我といえる。その血に覆われて剥き出しになっている肉片には、罌粟の葉を焼いた灰を振りかけ、同じ罌粟の白子葉を被せて竹紐を巻き付ける。

霊仙は完成した人皮の菩薩像を、金銅塔を作らせて安置した。

自分の手皮を剥ぐという狂気の発想は、霊仙にとってみれば太元師法への訣別を意味していたが、弟子たちはその凄まじい信仰表現に傾倒して、逆に霊仙のカリスマ性を強調させていくことになる。

これが千二百年を経て五台山金剛寺に無傷のままに伝えられようとは霊仙自身すら想像しえなかったと思われる。

二の腕の傷が癒えた頃、五台山に冬が始まろうとしていた。

五台山の冬は全山雪に閉ざされる。

降り積もることはなかろうが、午後の薄日のなかで小雪が舞う小道を、霊仙は、村の真ん中にある台懐鎮の羅候寺へ向かっていた。

急ぎ足である。

羅候寺の地下働きの老僧が衰え、明日をも知れぬ容態のなかで霊仙に話しておきたいことがあるという使いがきて呼び出されたからである。

羅候寺は七〇年ほど前に粛宗皇帝によって建立されたもので、門前にある精巧な石獅子の彫刻は珍品とされる。

寺内に天王殿、文殊殿、大仏殿、蔵経閣、禅院など百十余間がある。

特に後殿の中心にある「開花現仏」は唐代随一の仕掛けで名を轟かせている。

これは木造の仕掛け装置になっている円形の仏壇で、壇の中心に高さ九尺（三メートル）の蓮の華の蕾がある。

この仏壇の地下に埋蔵されている回転盤を回すことによって、壇の蓮華が回転しながらゆっくりと華を開かせて、四体の仏像が開花のなかからお姿を現すという仕掛けで、ここから「開花現仏」という名がつけられ、五台山羅候寺の名物となったのである。

羅候寺の地下で、この回転盤を回していた全徳という老僧が死の間際に霊仙に告げたかったことというのはこうである。

「五台山へ来た日本人は、あなたが初めてではございません」

仰向けに寝たまま全徳は安らかな息づかいで話す。

「徳宗皇帝がご在位の頃でしたから、今から二十五年くらい前のことです。まだ若い男でした。髪の毛はぼうぼうとして肩まで垂れて、大きな頑丈な体つきでしたが、優しい目をした素直な青年でした。この寺というより、地下室の私の所に住み着いて三年ばかりもいましたでしょうか」

霊仙は全徳の腹を摩りながら、「その男の名前を覚えているか」と尋ねた。

ああ、いい気持ちだというように目を細めていた全徳は、息づかいを整えて、「ツゥンユェ（真魚）、ツァボォズゥツゥンユェ（佐伯直真魚）といっておりました」と言った。

「サエキノアタイマオ（佐伯直真魚）か。それはまさしく日本人で佐伯姓を名乗る者であろう」

「私たちは、ツゥンユェと呼んでいました。運筆が見事で、筆をもたせたら五台山の僧のなかでも太刀打ちできるものは少なかったと思います。語学は天才的で、唐語はすぐに覚えてしまい、印度僧から梵語や西胡語も習っていたようでした。薬草や医術にも詳しくてよく山を歩いて勉強しておられました」

霊仙は直観的にその若者は空海ではないかと思った。だが、二十五年前というと、自分も空海も日本にいる時で、二人が入唐したのは二十年前のことだから、空海がここに来ている筈がない。

しかし、その日本人が空海以外の人物とは考えられない。

空海は、遣唐使船で入唐する以前に、何らかの方法で唐へ密航し、五台山に来ていたに違いないと霊仙は確信した。だからこそ空海は、長安に入るや直ちに唐語、梵語を操り、恵果に接近しえたのだ。

この全徳の言う、日本人ツゥンユェが五台山にいたのは、年譜的にいうならば、生涯に二度あったといわれている空海の謎の空白期間の一回目とされる七年間にあたる。

延暦十年（七九一年）空海一八歳にして、難関の大学に入学しながら、突如、大学の明経科を退学し、行方知れずとなってから、延暦一六年（七九七年）二四歳になった時、戯曲『三教指帰』を完成させるまでの七年間である。

それから更に七年後の延暦二三年、空海、最澄、霊仙等が、遣唐使船で唐へ渡ることになる。

空海の生涯を空海自身が語ったものを、弟子たちがまとめた「御遺言」があるが、この時期に関しては饒舌家の空海も、何故か寡黙で弟子たちに語ることがなかったのである。

全徳が、一瞬、目を大きく見開いて「そうだった」と、微かな声で言った。

霊仙が全徳の口許に耳を近づけた。

「ツゥンユェは、別の名前も名乗っていました。ジャミンチィアゥです。そうです、ツゥンユは、よくふざけた調子で、われこそはジャミンチィアゥだといっていました」

「ジャミンチィアゥ？　ジャミンチィアゥといえば仮名乞児（カメイコツジ）か！」

霊仙の顔色は驚愕に染まった。

そうだったのか、空海が『三教指帰』を書いたのは、ここ五台山であったか。

羅候寺の全徳がいった仮名乞児という名前は、空海が書いた『三教指帰』に出てくる空海のモデルとされている登場人物である。

霊仙は、その日本で初めて書かれた戯曲『三教指帰』を、遣唐使船に乗船する直前に手に入れて読んでいた。空海が大学明経科を退学して、この戯曲を発表するまでの七年間に、彼は阿波、土佐、伊予などで虚空蔵求聞持法を修行し、且つ、五台山に渡って『三教指帰』を構想し、執筆していたと思われる。

「その男はクンハイ（空海）という名前を名乗らなかったか」

全徳は首を振って否定した。

当然であろう。

空海という名は、佐伯の真魚が遣唐使船に乗る直前に国家試験である官僧の得度考試に受かってからのものだからである。

それ以前に空海を名乗る筈がない。

全徳がいう日本人が空海だとすると、霊仙はかねがね不審に思っていたことに思い当たる。霊仙の師、般若三蔵が日本人に寄せた信頼感についてである。師はよく日本人は賢く勤勉な人種だといっていたが、それは空海から得た印象ではなかったのか。空海は霊仙と同じ遣唐使船団で入唐を果たしたが、その数年前、空海が五台山にいたとすれば、般若三蔵と会っていることになる。何故なら、唐時代の「貞元録」にあるように般若は貞元十二年（七九六年）三月に長安を発って五台山に巡錫し、数年を台懐鎮で過ごしていることから、ここで空海こと佐伯の真魚と遭遇したことは充分考えられる。

そして、後に長安で空海と再会したのであろう。そうでなければ、インド人特有の猜疑心の強い般若三蔵が、空海を密教の総師である恵果阿闍梨に易々と引き合わせる謂われはない。

それに、空海が請来した太元帥明王の経典『金剛部元帥大正阿托婆倶経』三巻は、長安で入手したものと思われていたが、この経典は五台山でしか手に入らないとされており、どうして空海がこの経典を日本に持ち帰ったのか謎とされていたが、空海が五台山に来ていたとなると納得できる材料でもある。空海は、五台山で手に入れ、隠匿していたものを、長安から帰国した折りに請来物と混ぜて発表したものと思われる。

霊仙がかねがね空海は強運に恵まれた男だと思っていたが、ただそれだけで今の地位を得たのでは無かったのだ。

国禁を犯してまで唐の霊地五台山に密航して仏法を究めようとしていたのだった。

「空海とは畏ろしい男よのう」

霊仙は、いま、息たえだえの全徳の枕辺で遠く空海を想った。

長安から北へ向かうみすぼらしい乞食同様の徐経蘭と小玲の旅は、いまやっと三門峡を通過するところだが、着実に五台山を目指していた。徐経蘭が座っている車椅子の台座には、麻袋に詰められた少なくない黄金と高価な衣装が隠されている。

いかに襤褸を纏うとも小玲の美しさは隠すべくもない。

淫らに熟れた体の線と、視力は無いにせよつぶらな翡翠のような瞳は、人々を引きつけずにはおかないものがある。

行く先々の部落で、盲の美しい乞食女は無頼の男たちの餌食にされた。

川辺の土手で、白い肌を剥き出しにされて犯され、峠の小屋がけの床に押しつけられては男どもに代わる代わる輪姦された。

徐経蘭の目前で嬲られながら耐えてこそ、生きながらえることができるのだ。

小玲が徐経蘭の不自由な体を支え、忍び続ける旅の果てに、霊仙への復讐がある。

届けられた黄金

日本を訪れていた渤海国入貢使者である貞素は特に嵯峨天皇の寵愛を受けていたが、帰途、嵯峨天皇の依頼を受けて日本の朝廷から長安の霊仙に遣わされる沙金（以下は砂金と表す）を渤海国の遣国使船で唐に運び、長安の内宮に霊仙を訪れたが、既に霊仙は五台山に移っていた。やむなく貞素は新皇帝への献上を済ませると直ちに五台山へ向かった。

貞素一行が日本から長安を経由して車馬の積荷として運んだとされる砂金は、実に百七十斤（約１００キロ）、積荷として、１０キロの袋が十袋。今の金額にして五億円以上の価値があったと思われる。当時、国庫財政窮乏の折からこのような大金を霊仙に下賜された嵯峨天皇の狙いは、単に異郷にある学僧への留学費用の給付とは考えにくい。これは嵯峨天皇の謀略である。この時代は東寺をはじめとする寺院建立の時代といえる。これには多数の仏舎利を必要とする。仏塔信仰を日本に伝播しようとする霊仙の壮大な気宇と、寺院建立にともなう仏舎利の蒐集にはしる嵯峨天皇との利害が一致したところから、この取引が成立したと思われる。つまり、日本朝廷は大金をばらまき、唐にある仏舎利を霊仙に命じて集めさせたということなのだ。

遥々五台山の金閣寺堅固菩薩院に到着した貞素を、霊仙は手厚く迎えた。霊仙は貞素一行に夢殿と呼ばれる一棟の宿坊を与えて、ゆっくり休ませた。貞素には専属の女を付け、連れの従者たちには、満足のいくまで酒池肉林のもてなしをした。貞素が持参した霊仙三蔵宛ての嵯峨天皇自筆の手紙は、霊仙を狂喜させた。当時、嵯峨、空海、橘逸勢、の三筆と称されたほどの名筆が、霊仙の唐での活躍を誉め讃えてくれていたのである。更に、最澄、空海に霊仙を加え、日本仏教の三大阿闍梨となるために一日も早く帰国するようにと書き添えてあった。

霊仙はこのくだりに力をこめて貞素に読みきかせた。

「さようでございましょう、畏れながら私も日本にて、嵯峨天皇からそのようなことを何度となくお聞きいたしました。法華経の天台宗を最澄、大日経の密教真言宗を空海、そして大元帥明王法の大元宗を霊仙とする日本仏教の体系を三本の大河として布教させたいと申されておりました」

「それほどのお言葉を頂くことはまことに光栄である。私は法相学を究めるために入唐したのであるが、故あって大元帥法に至ったが、それを既に嵯峨天皇がご存じであったとは驚きであります」

「ここだけのお話でございますが、一年に満たずに帰国された最澄、二年の空海と比べて、既に二十年余にも及ぶ在唐歴の貴方とは、国際的な視野に於いて格段の差があると申されており、貴方の帰国をことの他、期待なさっておられます。霊仙をして安倍仲麻呂のように異郷の土にしたくないとの仰せにございます」

「ありがたき幸せ、間もなく雪が深まりここを出ることは出来なくなりましょう、来年の春、雪が溶けたころには日本に帰ります。どうかよろしくお伝えください」

殊に霊仙を喜ばせたのは嵯峨天皇が遣わした百金の砂金である。

憲宗皇帝亡き後、金に困っていた霊仙にとってみれば望外の大金である。

一日も早く日本に帰りたいと願う霊仙は功を焦り、百金の砂金を使って遮二無二走り回り仏舎利を集めた。

霊仙が嵯峨天皇に返礼として貞素に託した仏舎利は一万粒に達した。

その仏舎利を貞素に託す際、霊仙は貞素の心卑しさを悟り、彼に駄賃として砂金五キロを謝礼として握らせている。

ここで問題となるのは、霊仙が集めた一万粒という厖大な数の仏舎利である。記録に残っている記述によれば、入唐した日本僧が競って請来した仏舎利の数は空海が八十粒、円仁五粒、恵運九十五粒で、極めて少量の入手しか果たしていない。後に円行が日本に請来した仏舎利三千粒のうち二千七百粒もまた霊仙からの預かり物であったというから、霊仙の集めた仏舎利、一万二千七百粒という数が、いかに物凄い数字であるかが窺える。

霊仙はこの時、仏舎利に添えて自らが訳した『大乗本生心地観経』八巻を嵯峨天皇に贈ったことは前に述べたが、これが後の世になって、つまり大正時代初期、滋賀県石山の名刹石山寺経蔵の中から発見されることになる。この古写経の奥書に発見された「醴泉寺日本国沙門霊仙筆受並訳語」の文字が、千二百年ぶりに巨星霊仙の名前を日本の仏教界に蘇らせたが、ここでは、その仏教史上の騒動には触れない。（巻末付録＝松尾寺・石山寺の項目参照）

その頃、長旅でぼろぼろになった小玲と徐経蘭の乞食夫婦が五台山に辿り着いた。夕闇に紛れて人気のない、粉雪舞う露天の温泉で旅の疲れを癒した二人が、ここで身装を整える。もとより美人で聞こえた小玲であり、両足が無く、隻腕といえども嘗ては壮身の徐経蘭であるから、高価な衣装を身にまとうと一転して裕福な旅遊の夫婦と化した。

二人は五台山で最も高級な宿亭「清安楼」へ投宿した。

目指すのは、復讐しようとする日本僧霊仙の消息である。

三ヵ月分の宿代を前払いした上に、大枚の祝儀をはずんで清安楼の上客となった徐経蘭と小玲の夫婦は、築山を背に、池に面した静かな離れ座敷に住みついた。

宿では、五台山の巡礼に来たという触れ込みの、金持ちで体の不自由な信心深い夫婦をこの上なく大切にもてなした。徐経蘭と小玲の夫婦は、なるべく目立たぬように寺院を廻り、仏塔を拝みながら、いかにも敬虔な巡礼者を装って霊仙三蔵の情報を集めていった。

霊仙を殺さねばならない。

徐経蘭の五体が破壊されたままになっているが、これは霊仙の掛けた呪詛が解けないままになっているからである。霊仙の命を奪うことによって、五体の復元をはかる徐経蘭の復讐は、周到に準備されなければならない。失敗は許されない。それは返り討ちになることを意味するからだ。小玲が情報を集め、徐経蘭がその情報を分析する。

雪の降り積もる夜、小玲が徐経蘭の痛む頭を揉む。霊仙の呪詛を受けてからというもの徐経蘭の頭痛は一日として晴れたことはない。頭の芯が冷え込むように痛い。時には耐えられないほどの激痛に襲われる。

「急いではならぬ、リュシェン（霊仙）に日本から大金が届いたということは、彼が五台山の地に根をはり、日本との交流のために仏塔や寺院を建立するつもりかも知れない。時間はある、計略を密にして失敗しないようにしなければならない。この頭痛が取れなければ、本当の意味での自由はないと同じだ」

徐経蘭は喘ぐような息づかいで苦悩の表情を歪める。

「頭痛だけなら我慢できましょうが、こんど失敗したら必ず殺されてしまいますよ」

「必ず仕留める、おお、目が痛む、右目をもんでくれ」

徐経蘭は、紫の烏についばまれた右目の眼帯をはずした。

小玲がその目の奥に指を入れて揉みほぐす。

「ああ、いい気持ちだ」

「明日は雪が深くなりますよ」

「まだ降り続いているのか」

「さっきより激しく、雪が細かくさらさらのようです、音が変わりましたから」

「雪の降る音が聞こえるのか、わしには何も聞こえないが」

「黙って、雪を踏む足音がします、二人です、誰かが来ますよ」

「こんな雪の夜に？」

徐経蘭は急いで眼帯をかけて醜い右目の傷を隠した。

宿の主人が一人の僧侶を連れてきた。

雪を払って、礼儀正しく座敷に入ってきたのはまだ若い品のいい僧で、游俊忠（ユウジュンチョウ）と名乗った。

「あなた方が、リュシェン様のことでお聴きになりたいことがおありだというので、ユウさんをお連れしました。ユウさんは、リュシェン様が五台山に来られる前から金閣寺堅固菩薩院にお仕えしておられた方です。いまでは、リュシェン様は他の寺に移られておりますが、金閣寺におられた時には、ユウさんがリュシェン様のお弟子としてお世話なさっておいででした。信用のできる人です。リュシェン様のことなら何でもご相談されるとよろしいでしょう」

「それはいい方をご紹介くださいました。私どもはリュシェン様とは長安で深いご縁を頂いておりました者で、とくに私は僧籍にありました時にはリュシェン様の弟子として仕えていたのでございますが、子細あって別れ別れになったのです。ハッキリ言ってしまえば、些かお恨みに存じている部分もあって、いまリュシェンに素直にお会いしたいとは思っておりません」

挨拶をするつもりの徐経蘭であったが、話していくうちにも霊仙への抑えがたい怨嗟の念で思わず興奮した口調になる。

「リュシェンさんが他に移られたというのは、もう金閣寺にはお戻りにならないということですか」

小玲が游の方へ顔を向けて聞いた。

「はい、リュシェンは霊境寺に引っ越しました」

游俊忠は言葉少なく答えた。

「なにか不都合なことでもあったのですか」

徐経蘭が薄く笑うように尋ねる。

「いえ、特別に争いのようなものはございませんが、ただ、リュシェンが日本より届けられた大金に物を言わせてかき集めている仏舎利が、すべて日本に運びだされてしまうことに心を砕く者も少なくありません。当山の住職もその一人で、それとなくリュシェンに意見をしましたが彼は聞き入れません。このままでは大量の仏舎利が、唐から失われてしまいます。いまの内になんとか手を打たねばならないのです」

游俊忠の国を憂うる心情が、柔らかな言葉の端々に突き出てくる。

「また、リュシェンは、当山が密教に縁が深いことから太元帥明王法を修行され、呪術によって天空に一万の菩薩を景観させたり、降伏忿怒の太元帥明王を彫像するかと思えば、自分の手皮を剥いで仏像を描くなど一連の激しい行為が、当山金閣寺の地味な教風に合わなかったために、リュシェンは居づらくなっていたと思われます。そこでリュシェンは五台山から南西へ六十里（約三〇キロ）ばかり離れた寒村の霊境寺という寺に移ることにしたのです。一年ほど前に住職が急死し、霊境村の村人が守っていた寺をリュシェンが買い取ったものです。わたくしは、先ほどご説明した様な経緯で、リュシェンとは、やや疎遠になっておりましたが、この度の移転に際して、疎遠になっていた関係を詫びて再びリュシェンの世話係となっております」

「まさに飛ぶ鳥を落とすほどの勢いですな」

宿の主人が火に油を注ぐ。

「金を持ったことのない者が、突然に金持ちになると碌なことはない。私にもそういう驕りの経験がありましたので、人さまのことは言えた義理ではないのですが、ま、金の力は人の道を誤らせるものです」

徐経蘭がちらっと、小玲を見ながら言った。

小玲がなんの不自由も感じないかのように爽やかな身のこなしで茶をもてなす。

徐経蘭は小玲に手箱を持ってこさせ、なかから紙包みにした黄金を取り出した。

「これをご縁に、今後ともいろいろご指導たまわりたく、これは些少ではございますがユウジュンチョウ様個人への喜捨としてお受取り下さい」

といって徐経蘭は、遠慮する游俊忠に金包みを押しつけた。

游を紹介して連れてきてくれたお礼を、小玲がそれとなく清安楼の主人に渡す。

怨念の敵霊仙の命を狙うための伏線として、惜しげもなく金を蒔く徐経蘭と小玲の作戦であったが、この雪が晴れ、春がくると共に霊仙は、霊境寺を捨て、五台山を後に、日本へ向かうことは、この時、ここにいる誰も知らない。

嵯峨天皇から下賜された砂金百七十斤の黄金が霊仙の元に届いたのが天長二年で、既にその時、贈り主の嵯峨天皇は身を引いて弟の淳和天皇に位を譲っていた。

霊仙からの返礼として、仏舎利一万粒と『心地観経』八巻が、渤海僧貞素によって日本に届けられたのが天長三年だったということは、藤原緒嗣上書『類聚国史』によって明らかである。

霊仙の付託物を受け取ったのは淳和天皇で、その年、空海は東寺の塔を建立する許可を得たことから宮中にあり、新着の『心地観経』を早速披見したものと思われる。その後、空海が天長五年四月十三日の「先師の為に梵網経を講釈する表白」の中で、『心地観経』の四恩を説いていることでも明らかであろう。

頼富本宏氏の説によると空海の師である般若三蔵は四恩の熱烈な信奉者であったから、空海は既に長安にいる時点で般若から四恩説を伝授されていた筈で、般若三蔵晩年に霊仙が訳した『心地観経』を、淳和天皇から入手することによって空海の四恩説もますます発展していったのだという。（巻末付録「＝松尾寺・「心地観経」四恩の項目参照）

霊仙のもたらした貴重なる返礼に感動した淳和天皇が、天長五年、唐暦の大和二年（八二八年）に、再び百金と、日本に早期帰国を促す勅令を添えて、渤海国使者高承祖一行に託した。

そこで霊仙をよく知っている貞素が直接の使者となり、再度五台山に霊仙を訪れた時には、霊仙は既に霊境寺浴室において何者かによって毒殺され、埋葬場所すら明らかにされない有り様であったという。

弟子たちが埋葬したと伝えられているから相当の数の弟子がいた筈であるが、その者たちも四散して行方が判らない始末であった。

渤海国貞素も、霊仙を慕う弟子の一人であったから、貞素はその惨状を大いに嘆き悲しみ、霊境　寺浴室院の壁に「哭日本国内供奉大徳霊仙和尚詩井序」なる一文をしたためて、砂金一〇キロの袋一〇箇を霊境寺のいずれかに隠して五台山を後にしたという。だが、日頃から強欲の噂がある貞素の評判の悪さから、砂金を埋めるときに一〇キロの砂金をくすね取ったという憶測が喧伝されている。

霊仙の殺害された素因について、頼富本宏氏の著書「入唐僧霊仙三蔵」（「木村武夫教授古稀記念論集、僧伝の研究」所収）を引用する。

「霊仙の没年は、正確には断定できないが、円仁の記録や「類聚国史」「続日本後記」などを総合すると、宝暦元年（八二五年）から大和二年（八二八年）にその命を落としたものと思われる」

頼富本宏氏が推定する霊仙毒殺の年を大和二年（八二八年）として、空海の暦と照合すると、その年、空海は五十六歳、その空海が遣唐使船で入唐したのが三十一歳、霊仙は空海と同じ遣唐使船団で日本を離れたのが二十五歳だったから、空海とは六歳の年の差があったことになり、霊仙が毒殺されたのは五十歳という若さであったことになる。

霊仙が毒殺された八二八年の宮内諸事備忘録によると、空海は、嵯峨天皇の勅命を受けて御所内裏において祈雨法を修めたが、その功労によって「大僧都」に任ぜられている。

だが、急劇なまでの栄達を重ねてきた空海の勢いが一息ついたと言える年でもあり、ある意味で空海は隙だらけの時期にあっただけに、霊仙が帰国していれば、嵯峨上皇のご寵愛はどっと霊仙に流れを変えたとみる学者も多く、霊仙にとっては惜しまれるところではある。

毒殺された理由にも諸説が成り立つ。

たとえば、かつての名声が他僧の嫉視を招いたか、あるいは、日本から下賜された大金がかえって災いを引き起こしたのか、さらには、霊仙が秘中の秘法といわれる太元師法を修得したために危険人物視されたのか、にわかに決定し難いが、ともあれ異国の土となった霊仙三蔵の胸中は察するに余りある。

「霊仙三蔵、安倍仲麻呂、真和親王、入宗僧成尋など、異境に骨を埋めた偉財は十指に余るが、宮廷の高職、内供奉を授けられ、皇帝側近の高官となった日本僧は霊仙三蔵をおいて他に例がない。万が一、無事わが国に帰朝していたならば、疑いなく最澄伝教大師、空海弘法大師の両大師に比肩しうる人物になっていたことであろう」

以上は頼富氏の推論であるが、霊仙の不帰は、少なくとも日本仏教界の歴史の流れを大きく変えたことには間違いない、惜しむに余りある無念な事件であった。

霊仙に毒を盛り、殺害したのは游俊忠である。

しかし、その毒を調剤したのは徐経蘭であった。

東チベット門巴族の毒盛り技法を用い、徐経蘭は同志となった游俊忠を使って霊仙を殺すことに成功した。

ここに積年の恨みを晴らしたといえる。

霊仙が金閣寺を去るにあたって一度は疎遠になった游俊忠であったが、霊境寺に居を構えた霊仙に詫びをいれて許され、再び内弟子となることができた。

霊仙にとって二十五年ぶりの帰国となるが、「第十八次遣唐使船留学僧霊仙於在唐二十年命」を全うした誇りがある。空海が二十年の留学期限を無視して二年で帰国したことにより闕期《けつご》の罪に問われて数年の蟄居をやむなくしたと聞く。

霊仙三蔵を慕って、長安から五台山へ追いすがる弟子たちが、年々入門を望んで、五十人を超している。それに、五台山での入門弟子が百人に届く数となっているから、今の霊境寺に寄宿している弟子の僧が百五十人に余る。

霊仙は、日本の天皇の勅命で帰国するにあたり、まさか唐から手ぶらで帰るわけにもいくまいと、六〇名の弟子を連れて帰国するための人選を終えていたのであった。

因みに、帰り新参の游俊忠はこの人選に漏れていた。霊仙は、游俊忠を日本に連れて行こうと考えたが、游俊忠の年齢が五十を過ぎていることから、この年で異郷の生活が苦しかろうとおもんぱかって選ばなかったのであった。このことを游俊忠が誤解し、根に持ったことは言うまでもない。霊仙への殺意に繋がったといえよう。

この時、既に霊仙は明州鄮県（今の浙江省寧波《にんぽう》市）の港に、乗員一〇〇名用の渤海国の大型商船を設えていた。

霊仙三蔵は、この船を敦賀湾に入港させ、六十名の弟子たち一行を引き連れて一旦、両親の住まう丹生に帰省を果たそうとしていたのだ。

まさに故郷に錦織を飾る晴れの舞台が用意されていたのであった。


一ヶ月近くの準備を要して開催された「霊仙三蔵法師熱烈歓送会」の宴が無事閉幕した直後であった。

その会で世話係をかってでた游俊忠が毒盛りの役を果たした。

霊仙の茶碗に毒を仕掛けたのである。

普段ならその程度のことを見逃す霊仙ではない。

しかし、明日から開ける運命の展開を思うと、霊仙といえども心に驕りがでたのではなかったか。

宴が終わり、弟子たちに暫くの休暇を与え、十分な賞与を支給すると、またとない上機嫌で、好きな風呂につかって、長かった唐の年月を振り返ろうとしたとき、霊仙は湯槽が赤く染まっているのに気づいた。

肛門から血が流れだしているのだ。

血は肛門からだけではなく、耳から、鼻から、目からも流れだしていた。

「游俊忠、いや、徐経蘭！」

やられた。

あわれにも小玲が引きずりこまれ、この件に加わっておろうが、彼女はなにもしらないといってよかろう。

それにしても、嵯峨天皇の勅令を受けてから自分の浮かれようが、今になってみれば悔やまれる。

日本に帰ることに有頂天になっておった。もはや手遅れ、いかなる呪術をもってしても、降伏忿怒の太元師明王に縋ろうとも、もはや我を救うことはできまい、徐経蘭と小玲が五台山に着いたことにも気づかなかった。游俊忠が徐経蘭に籠絡されていたことすら思い至らなかったとは情けない。すべては己の思い上がりから出たことだ。

霊仙は自分が呑まされた毒の正体に気づいた。

動物の内臓を溶かして死にいたらしめる猛毒、黄弁果である。

黄弁果は無味無臭だが、色がある。

その黄色を茶に混入して紛らわしたのであろう。

この毒が内臓のすべての隅々まで浸透するのに約二時間を要する。溶けだした内臓が、血となって下血を始めた時は、既に手のほどこしょうはないといわれている。

霊仙の生命が終わる。

その時、清安楼の離れで、ことの次第を報告に戻ってきた游俊忠から話を聞いていた徐経蘭に異変がおきた。

くり抜かれていた右目が復活し、力を得た瞳がぎらりと光る。失われていた右腕が伸びると同時に、徐経蘭の両足が床を蹴った。すっくと立ち上がった徐経蘭の頑丈な体躯を、なんと、小玲が見た。小玲の視力すらも復帰したのである。

それは、霊仙の命が萎えた証拠である。

徐経蘭と小玲は、手をとりあって喜んだ。

「やったぞ！　シャオリン、やっと自由を取り戻すことができた」

徐経蘭は游俊忠に、感謝の金を与え、一生の友情を誓った。

死の瞬間に至って、最後の力を秘めた霊仙の生命力が動いた。

霊仙は湯船から立ち上がった。

耳、鼻、目、口など五体のあらゆる肉孔から血を噴きだし、全身を朱に染めた霊仙が、羯磨加持に入った。

両腕を交互に交え両掌の三指を立て親指と小指を密着し、金剛杵の形を造って、壮絶な形相で「オンバザラキヤラマケン、オンバザラキヤラマケン、オンバザラキヤラマケン」と叫ぶや北に向かって、あらん限りの気を吐いた。

霊仙必殺の気が五台山の暗闇をつん裂いて火炎の矢が走るかにみえた。

電光の気が、川の流れに沿って五台の平地を線光となって疾走した。

霊気は遂に青白く光る鋭い槍となって、清安楼へ向かった。

「これまで！」

猛烈な苦痛、文字通り身を引き裂くような激痛にもだえ、霊仙は自ら真っ赤な湯の中にのめり込んでいった。

霊仙の入浴が、余り長いのを不審に思った弟子たちが、湯殿を覗きに行って、そこで鮮血の湯槽に浮く霊仙を発見するのだが、彼らが見たものは、内臓が溶けだし、干からびた皮膚だけがこびり付いた骸骨だったという。

翌朝、清安楼の離れの居間では、血反吐《ちへど》を吐き、血潮にまみれた徐経蘭、游俊忠の二人が折り重なってこと切れているのが発見された。

だが、シャオリンだけは、失神していたものの一命は取りとめたのである。

霊仙は死の踏み台を蹴りながら、小玲へは殺意を封印し最後の愛を託したのかもしれない。

その後、小玲は五台山に残って霊仙の供養に生涯を捧げようと仏の道に入る。

蝶柱二・終章

霊仙の死より半年ほど経った晩夏の早朝。

霊仙が毒殺されたという霊境寺の湯殿の中庭には二〇〇坪ほどの石庭の中央にこんもりとした築山がある。

標高二〇〇メートルの霊境寺の中庭から見上げる空は、狭い空間を区切った真四角な青い塊に見える。

尼になるための修行に励んでいる小玲が、掃除用の箒を手にして中庭へ出てきた。

築山の頂上に鷹の死体があるのに気付いた小玲が、中庭に出ようとして、足を止めた。ふと、不気味な妖気を感じたのだ。

築山の鳥の死骸は鷹ではなく隼なのだ。その隼は「テン」であった。

「テン」は空から叩きつけられたように死んでいた。

自死だった。

隼が獲物を追う直滑降のスピードは四〇〇キロを超すといわれている。

「テン」にとって、親同然の霊仙の死を知り、四〇〇キロを超すスピードで築山に激突したものと思われる。

通常、鷹類の寿命は三〇年から三十五年といわれているが、「テン」は霊仙十歳の時から育てられ、主が五十歳で毒殺されるまでの四十年を共に離れずに生きたことになる。小玲が、庭に出ようとして不気味な妖気を感じて足を止めたというのはこのことではない。小玲も人生の大半を盲目として暮らしてきた特殊な霊能力の持ち主でもある。

小玲の肌を粟立たせたのは、霊境寺の中庭に潜でいる何千、何万という翅の息遣いなのだ。二〇〇坪の中庭一面に、アサギマダラの大きい翅が幾重にもかさなりあって、密かにその時を待っているのであった。

晴天の朝でありながら、四方を建物と塀で囲まれた霊境寺の中庭は日陰のくぐもりのなかにあった。

やがて日が昇り一条の太陽光が築山の頂で骸になった隼を射抜くように照らし出した。と、同時に、ザワッという重い翅の羽ばたきがきっかけとなって、一斉に、蝶が舞い上がった。

築山を囲んで何千という大型の蝶が羽音を集めて舞い上がったのだった。

アサギマダラの蝶の大群が、蝶柱となって霊境寺の天蓋より高く舞い続ける。浅黄色だった蝶柱の色が黄金をちりばめた輝きに変わってきた。

このアサギマダラの蝶柱は、霊境寺の裾野にあたる霊境村からも眺望できる。騒ぎ出した村人が、霊境寺を目指して集まってくる。

奇跡と言っていい摩訶不思議な現象が現実となったのであった。

前章で記述した部分を思い出すことができれば、こういうことである。「霊仙のもたらした仏舎利などの貴重な返礼に感動した淳和天皇が、天長五年に、再び百金と、日本に早期帰国を促す勅令を添えて、渤海国使者高承祖一行に託した。そこで霊仙をよく知っている貞素が直接の使者となり、再度五台山に霊仙を訪れた時には、霊仙は既に霊境寺浴室において何者かによって毒殺されていた。弟子たちが埋葬したと伝えられているから相当の数の弟子がいた筈であるが、その者たちも四散して行方が判らない始末であった。渤海国貞素も、霊仙を慕う弟子の一人であったから、貞素はその惨状を大いに嘆き悲しみ、霊境寺浴室院の壁に「哭日本国内供奉大徳霊仙和尚詩井序」なる一文をしたためて、砂金一〇〇キロの袋を霊境寺村のいずれかに隠して五台山を後にしたという」

その一〇〇キロの砂金の隠し場所が大きな噂になっていた。隠した貞素が渤海に帰国してしまったので探しようがなかったのだが、その隠し場所が霊境寺の中庭の築山だったのだ。アサギマダラの蝶柱が、隼の骸と一緒に、築山を掘り起こし、一〇〇キロという膨大な砂金を天空に巻き上げたのであった。

境内に飛び出した小玲は金粉を浴びて全身が黄金に輝いている。小玲だけではない、何事かと物音に驚いて出てきた尼たちの頭も体も金粉にまみれている。そこへ集まってきた村人たちも掌を広げて金粉を掬い取っている。

一〇〇キロという砂金の重さは、アサギマダラの蝶柱の風力をものともせず、霊境寺の境内に雨のように降り注いでいる。

小玲は、霊仙の面影に祈りを込めた。奇跡を祈った。嘗ては思い焦がれた霊仙が可哀そうだった。その時、小玲の記憶の奥底に、深淵の霧のなかに、それは限りなく微かで、余りにも遠く、はためく影のような愛の実感が甦ってきた。

「リュシェン！」

小玲は、霊仙の幻を抱き寄せた。

かつて至福の絶頂にあった一瞬の隙に命を奪われる恐怖の記憶が、千年の時空を超えて小玲の五体から力を吸い取っていく。たった今、小玲は同じ場面にいる自分を悟った。

霊仙の死によって、かけがえのないものを失ったことに気づいた。

徐経蘭を殺すときに、小玲も殺せたはずだったのに、霊仙は自分を助けてくれた。

いまさらながら、そんな霊仙が、かわいそうで、かわいそうで、独りにして置けないと思う。向こうへ行こう、記憶の壁の向こう側に霊仙と一緒になれる世界がある。

小玲は、するりとアサギマダラの蝶柱に飛び込んだ。

一瞬、蝶柱の渦が、急速回転のなかで粉砕された小玲の血潮で赤く染まったかにみえた。

再び、なにごともなかったかのように、回転上昇する蝶柱の壁を破って、尼たちや村人たちの目の前に、砂金の滝が、黄金に輝く築山を積み上げていくのだった。

やがて、砂金の放出を終えるとアサギマダの団塊は蝶柱を解き、それぞれが金ピカの個体となって、ゆったりと白亜の仏塔が林立する五台山台懐鎮の天空を浮遊していく。

アサギマダラの群れが目指すのは、亡き霊仙三蔵の古里である暖冬の倭国に違いない。


（了）

参考文献

「入唐僧霊仙三蔵」　頼富本宏著　（木村武夫教授古稀記念論集）
「円仁唐代中国への旅」　ライシャワー著　（原書房）
「不空三蔵の文殊菩薩信仰」　向井隆健著
「霊仙三蔵顕彰活動の歩み」　霊仙三蔵顕彰の会
米原町広報誌「まいはら」　１９８０年１３５号
「翼」東風ＮＯ９９　航空自衛隊連合幹部会機関誌　「空中飛行観音」の寺
びわ湖疏水とさざなみの道の会・会報「みずのみち」２０１５年2月11日号
「弘法大師の書簡」　高木神元著　（法蔵館）
「空海入門」　高木神元著　（法蔵館）
「空海と錬金術」　佐藤任　著　（東京書籍）
「不動息災一段護摩法伝授録」　添田隆俊著　（東方出版）
「空海の夢」　松岡正剛著　（春秋社）　（佼成出版社）

「長安」絢爛たる唐の都　渡部英喜著（角川選書）
「漢詩百人一首」（新潮選書）
「中国仏教・四大名山図鑑」（柏書房）
「チベットに生まれて」チョギャム・トゥルンパ 著　竹内紹人訳（文書院）
「最澄・空海」福永光司責任編集（中央公論社）
「密教世界の構造」空海『秘蔵宝鑰』宮坂宥勝著（筑摩書房）
「大唐帝国」宮崎市定著（河出書房）
「密教の神髄」田中成明著（東方出版）
「風と沙と女たち」田村能里子画集（日本経済新聞社）
「マンダラ」宇宙が舞い降りる（マンダラ研究会）
「泣き虫空海・アニメ原画案」清水恵藏（マジックバス）

付記

霊仙三蔵とその顕彰活動

江竜喜之

はじめに

霊仙三蔵は平安時代前期の僧侶で最澄や空海と並び称せられる屈指の名僧と評価されているが、その生涯について歴史的に明らかに出来ない部分が多く、謎に包まれている。しかし、小説などを創作する場合、かえって作者が想像力を膨らませる余地も多く、ユニークな作品が出来るのではなかろうか。この水野清氏の『霊仙三蔵 ウータンシャンに死す』などは、そのよい実例ではないかと思う。

本稿では、史料により、わずかに明らかになっている霊仙三蔵の生涯や業績について簡単にまとめ、次いで、多くの謎の内、出身地に関する諸説を紹介し、特に、滋賀県米原市の霊仙山山麓付近を出身地とする説について、その始まりや、広まりについて考察してみたい。

ついで、この米原市霊仙山山麓説にもとづいて、展開されてきた霊仙三蔵の顕彰活動について跡づけてみたい。最後に現在その活動に中心的役割を果たしている普門山松尾寺の歴史や現状についても触れる。

1、霊仙三蔵とその出身地

（1）霊仙三蔵の生涯と『大乗《だいじょう》本生《ほんじょう》心《しん》地《じ》観経《かんぎょう》』

霊仙三蔵に関する基礎的な史料は数点しか存在しない。それらを収録した高楠順次郎編『霊仙三蔵行歴考』をもとに、霊仙三蔵の生涯を略述する。

霊仙三蔵は、平安時代のはじめ、興福寺で法相宗を学び、遣唐留学僧として、唐に渡った。唐では長安の醴泉寺に住し、唐の元和五年（８１０）、憲宗皇帝の命を受けて、カシミール出身の般若三蔵らと共に、経典『大乗本生心地観経』の翻訳に従事した。この事業終了後、中国仏教の三大霊場の一つといわれる五台山に入り、厳しい修行に打ち込んだ。日本の天皇はその留学の功を称えて黄金を贈っている。しかしその後、五台山の霊境寺において毒殺され、異国でその一生を終わった。

　これ以外に、いつどこで生まれ、いつ唐に渡り、いつ、なぜ、誰に毒殺されたのか等々、明らかになっていない部分が多い。ただ死亡については、霊仙三蔵の五台山における生活が描かれている円仁著『入唐求法巡礼行記』その他の史料により、唐の宝暦元年（825）から太和二年（828）の間に死去したとされている。

　ところで、霊仙三蔵が世間から注目されるようになる契機は大正二年（1913）、内務省による滋賀県の石山寺における宝物調査の際に、寺の経蔵から『大乗本生心地観経』の古写本が発見された事である。その巻一の奥書には「元和五年（810）七月三日に宮中で梵語の経文が見つかり、その月の二七日、皇帝の勅により長安の醴泉寺で翻訳が始まり、翌年の三月八日に完成し皇帝に進上した」と記され、次に担当者が列記されている。

　その中に、「醴泉寺日本国沙門　霊仙　筆授並訳語」と霊仙の名と担当役割名が記されている。「筆授並訳語」とは、経文の読み上げを聴き取り、その音を漢字で写し、更にそれを漢文に翻訳する役であり、梵語と漢語に精通していなくては務まらぬ最も重要な役であった。この訳経の業績により霊仙に三蔵の称号（仏典全般、経・律・論に精通し、語学に堪能な高僧への尊称）が与えられたという。

霊仙三蔵は従来、一部の学僧の間で知られていたに過ぎないが、この『大乗本生心地観経』奥書が発見されて以後、一躍仏教史学者の関心事となり、その研究が進み、ひいては一般にも知られるようになっていった。そして、日本唯一の三蔵法師、卓越した外国語研究の先学、最澄・空海を凌駕する名僧などと評価されるようになった。

（2）『大乗本生心地観経』と「四恩」

霊仙三蔵が翻訳した『大乗本生心地観経』は「四恩」を説く教典として有名である。全体で一三の章からなっているが、そのうちの第二章の「報恩品《ほうおんぼん》」には、父母の恩（父母家族の恩）、衆生の恩（社会の人々の恩）、国王の恩（国家がもたらす恩）、三宝の恩（仏教、宗教の恩）の四つの恩が説かれている。私達が生きていく上では、これら多くの恩恵を受けているのであり、日々それらに感謝の念を持ちながら過ごしたいものである。この四恩の考え方を広める上で契機となった『大乗本生心地観経』を翻訳した霊仙三蔵の功績は大きいといえる。

（3）霊仙三蔵の出身地

大正（1912～1926）から昭和（1926～1988）の始めにかけての、ほとんどの仏教史学者の論考には、霊仙三蔵の出身地については全然触れられていないか、または不詳と記されていた。ところが、わずかに、霊仙三蔵の出身地に触れた文献も見られる。大屋徳城氏は大正四年に発表した「日本国訳経沙門霊仙三蔵に関する新史料」において、霊仙三蔵は南都（奈良）出身の人であると述べ、また松本文三郎氏は大正七年発表の「霊仙入唐年代考」において、条件付きながら、霊仙は南都系の人と考えられると記している。いずれも、霊仙三蔵が奈良興福寺で修行していたことから南都の出身でないかと推論しているにすぎない。

また、昭和三四年には堀池春峰氏は「興福寺僧霊仙三蔵と常暁」という論文の中で、天長三年（826）に霊仙の弟妹が阿波国（徳島県）の稲一千束をもらったという『類聚国史』の記事を根拠に「霊仙の生国は四国徳島県であったらしい」と述べている。しかし、これには、阿波国の稲という表現から霊仙の弟妹が阿波国にいたと考える必要はない等の反論がある。

ついで、滋賀県内の事例をみると、大正一五年刊行の『近江栗太郡志』には「霊仙」

という大字地名は、もと霊仙寺という大寺があったことにより出来た地名であり、「霊仙三蔵は此地の人にあらざるか」との記述がある。また昭和一一年刊行の『近江教育』には彦根市の荒神山について、この山には霊山寺など古い寺が数ヶ寺あり「霊仙三蔵は此山の僧ではあるまいか」と記されている。この二件は、いずれも郷土史家として著名な中川泉三氏の指摘ではあるが、単に霊仙という地名や寺院の存在を霊仙三蔵と結びつけたに過ぎない。

一方、米原市の霊仙山山麓を霊仙三蔵の出身地とする説が、当時高名な仏教史学者であった元東大教授の高楠順次郎氏によって唱えられた。氏が昭和一三年に発刊した著書『アジア民族の中心思想』の中に次の様な記述がある。

霊仙は江州の醒ヶ井（当時醒井村、現米原市）の人だらうと思ふ。醒ヶ井の所に霊仙滝といふ滝があり、其処で霊仙三蔵は修業して居たらしい。また霊仙山といふ山もあり、いま名所として駅にも書いてある。（中略）とにかく霊仙は、向ふで霊仙三蔵と謂はれ、翻訳をして居た程の偉い人であります。

これは同氏が昭和九年に行った講演の筆記であり、霊仙三蔵が霊仙山麓の旧醒井村付近の出身である理由として、霊仙三蔵の修行の場となる霊仙滝が存在し、霊仙山が名所として当時国鉄東海道本線醒ヶ井駅の案内板にも掲示されていることが挙げられているだけで、それ以外の根拠は示されていない。高楠順次郎氏に心酔していた杉本哲郎氏さえも、これは高楠博士の「本能的な感覚」によるとしている。

以上見てきた霊仙三蔵の出自に関する諸説は、いずれも薄弱な根拠にもとづく短絡的な推論ばかりで、これらにより霊仙三蔵の出身地を確定することは出来ないと思う。しかし、これらの諸説の内、米原市の霊仙山山麓を出身地とする説は高名な学者の発言であり、その後、広く流布することになる。

(4) 米原霊仙山山麓説の流布

高楠順次郎氏を師と仰ぐ滋賀県出身の著名な仏教画家杉本哲郎氏は恩師の説、米原霊仙山山麓出身説を大切に受け継ぎ、昭和二五年に小冊子『霊仙三蔵』を著し、高楠順次郎氏や松本文三郎氏の説を力を込めて紹介した。その事もあって、この後、霊仙三蔵の出生地を米原市の霊仙山山麓の旧醒井村付近とする論調が多く見られるようになる。

まず、北村壽四郎氏の遺稿をもとに昭和二九年に発行された『景勝地　醒井』には高楠氏の講演記録を転載して「霊仙三蔵は江州の醒井の人だろう」と記されている。

また、石山寺第五十世座主の鷲尾光遍氏は昭和三一年から三四年にかけて新聞に連載した原稿をまとめた著書『噫　霊仙三蔵　付石山寺経藏』を昭和三八年に発刊しているが、その中で「霊仙三蔵の出生は、滋賀県の霊仙山麓醒井付近の人である」との記述が見える。昭和五六年には第五一世座主鷲尾隆照氏は雑誌『湖国と文化』に「噫　霊仙三蔵—高僧唐に死す—」という一文を載せ、その中で「霊仙三蔵は滋賀県醒井付近の出生」云々と同様な記述をしている。

　昭和五七年には藪田藤太郎氏の小説『霊仙三蔵』が発刊された。その「あとがき」には「私が霊仙三蔵の名を知ったのは、石山寺鷲尾座主の書かれたある新聞の文化欄に紹介された短い記事に教えられたからです」と記されており、明らかに鷲尾光遍氏の霊仙三蔵は霊仙山麓醒井付近の人であるという説の影響が及んでいることがわかる。

　この小説では、霊仙三蔵は、霊仙山の山麓付近の米原市旧醒ヶ井村枝折で生まれ、幼名を日来禰《ひきね》といい、父は息長丹生真人刀禰麻呂《おきながにゅうまひとねまろ》、母は売子《うるし》。利発に育った日来禰は霊仙山にあった霊山寺の僧宣教に預けられ厳しく教育された。自らの願いで出家し、法名を山名、寺号に因んで霊仙と名付けられた。その後一五歳で奈良興福寺へ入山した。等々その記述は極めて詳しく具体的である。

　渡辺三男氏の論文「霊仙三蔵—嵯峨天皇御伝のうち—」によると、この作品の記述の実否について鋭意調査の結果、結局、「作家一流のフィクションではないか」との記述がある。私も同感である。

しかし、この小説の序には、当時の米原町長はじめ、先述の杉本哲郎氏、鷲尾隆照氏らがそれぞれ一文を寄せ、小説の内容を高く評価し、多くの人々がこの小説により郷土の偉人霊仙の功績を偲んでほしいと熱意を込めて呼びかけている。こうして、ますます多くの人々が親しみをもって、霊仙三蔵は霊仙山山麓付近の出身であると受け止めるようになっていったと思われる。

昭和六一年にＮＨＫ特集「三蔵法師になった日本人」が放映されて、霊仙三蔵に関する関心は全国的に広がった。その放送でも霊仙三蔵の出身地は米原の霊仙山山麓付近となっていた。また、その取材状況をまとめ発刊された『仏教聖地・五台山 ―日本人三蔵法師の物語―』の中では、霊仙三蔵の人物像が専ら薮田藤太郎氏の小説『霊仙三蔵』に基づいて紹介されており、小説の内容を全面的に歴史事実として扱っている。この小説の影響が如何に大きいかがわかる。

この他にも、その後、田中弥一郎氏の『マロニエの道』、雨宮周一郎氏の『私譚霊仙記』と霊仙三蔵を主人公にした小説が発刊された。何れも霊仙三蔵の出身地は霊仙山麓としており、米原市の霊仙山山麓こそが霊仙三蔵の出身地という見方がますます広がっていった。

(5) 霊仙三蔵出生地論の進展

このような風潮の中で、学術論文や一般的な歴史書、辞典類、更には自治体史(町史)類にも霊仙三蔵の出生地に言及したものが現れる。

まず、頼富本宏氏は昭和五六年に刊行の『僧伝の研究』所収の論文「入唐僧霊仙三蔵—不空・空海をめぐる人々—」の中で次のように記している。

「(霊仙三蔵の)出生の年月は不明と言わざるを得ないが、出身地は通常滋賀県とされている。その理由の一つは、滋賀県米原町の南東部に霊仙山の山が存在していることによる」「また霊仙が訳出に参加した『心地観経』の古写本が滋賀県石山の名刹石山寺に保存されていることも霊仙三蔵近江出生説の一つの手がかりとなっている」「現在のところ、決定的資料に乏しいが、とりあえず、近江出生説に従っておきたい」

また平成四年に発刊された上田雄著『渤海国の謎 —知られざる東アジアの古代王国—』には、霊仙三蔵の生い立ちについて「霊仙岳の西麓、近江国坂田郡の豪族息長氏の一族から出て、霊山寺に入って僧となり、都の興福寺に学んだ後、遣唐留学僧となった」と記述されているが、これは杉本哲郎氏の小冊子『霊仙三蔵』や藪田藤太郎氏の小説『霊仙三蔵』に依拠している。

さらに大原正義氏は平成一五年発行の『東アジア比較文化研究』のなかで霊仙三蔵の出自については、霊仙山山麓の地に「深く関わりがあったことは否めない」と述べている。

一方、主な辞典類を見てみると、平成五年発刊の『国史大辞典』の霊仙三蔵に関する項には出身地に関する記述がないが、平成九年発刊の『日本史広辞典』では「近江国の生まれと伝える」と記されており、歴史辞典の記述にも影響が及んでいることがわかる。ただ、平成六年発刊の『日本史大辞典』には「阿波の人」とある。

次に、自治体史（町史）をみると、まず、平成三年発行の『多賀町史』ではその論拠は示されていないが、「霊仙三蔵は霊仙山の麓、醒ヶ井付近に生まれた」と断定的に記述している。

また、平成一四年発行の『米原町史』では「米原町域の出身である可能性が指摘されている名僧」として霊仙三蔵の名をあげ、「霊仙」の名が霊仙山に由来する可能性も完全には否定出来ない。確実な史料がない以上、現時点では推測の域を出ないが、今後研究すべき課題であろう」と消極的ながら霊仙山山麓説に傾いた見方がなされている。

以上のように、これらの文献はその論調に強弱は見られるが、いずれも霊仙山山麓説に触れている。かくして米原市の霊仙山山麓説は定着していったのである。

2、霊仙三蔵顕彰の諸活動

（1）霊仙三蔵顕彰のはじまり

霊仙山山麓の米原市旧坂田郡醒ヶ井村地域において、霊仙三蔵が地域出身の人物として認識され、顕彰の動きが始まるのは、少なくとも、大正二年の石山寺における『大乗本生心地観経』の写本が発見されて以後のことで、それ以前には霊仙三蔵に付いての認識はこの地域になかったと思われる。このことは同年八月に発刊され当時の自治体史誌としては評価の高い中川泉三編『近江坂田郡志』に一切記述がなく、また明治四四年発刊の歴史地名辞書として有名な吉田東伍著『大日本地名辞書』の霊仙嶽の項にも霊仙三蔵については記載がないことからも明らかである。この時までに『大乗本生心地観経』の奥書が発見されていたら両氏なら見逃すはずはないと思う。

この発見によって、先述の大屋徳城、松本文三郎、高楠順次郎氏ら仏教史学者による霊仙三蔵の研究が始まり、それ以降、霊仙三蔵の存在と業績がぼつぼつと世に知れ渡るようになっていった。

そしてまた、この旧醒井村地域には古くからの有名な「霊山《りょうぜん》」という名山があり、その頃にはこの山は「霊仙山《りょうぜんやま》」と呼称されていた。霊仙三蔵の名を耳にする様になった地域の有識者らは、出身地域の霊仙山の名をとって、霊仙と名乗ったのではないかと考え、霊仙三蔵を郷土の偉人と受け止める伝承が生まれ、顕彰の動きが始まったのではないかと思う。その頃、少年であった霊仙山麓の上丹生集落出身の彫刻家で、後に大型の木彫霊仙三蔵像を制作した森大造氏は「霊仙三蔵の名は、子供の時分、学校の先生から聞いていた」と述べている（藪田藤太郎著『霊仙三蔵』序文）。渡辺三男氏もその論文「霊仙三蔵 ―嵯峨天皇御伝のうち―」の中で、「霊仙顕彰の講演や論稿の中で、霊仙の名を耳にし目にしたとき、これは郷土出身の人物では、と触発されたかもしれないことは、有り得ることである」と述べている。

ところで、霊山《りょうぜん》と称する山はインドの霊鷲山《りょうじゅせん》を略したもので、仏教の聖地として全国各地に存在する。米原市の現在の霊仙山《りょうぜんざん》も明治の中頃までは「霊山」と表記されるのが普通であった。故に霊仙三蔵の時代にはこの山は「霊仙山」ではなく「霊山」であった。ただ「山」の字を「セン」と読むのは一般的ではなく、地元民には山の名のように思えないので「仙」の字をあてるようになり、このため下にもう一つ山をつけ「霊仙山」などの俗称が生まれたと思われる。それが段々一般化して、明治二六年測図の参謀本部陸地測量部作成の二万分の一の地形図には「霊仙山」と正式に記載されている。「霊山」が「霊仙山」に変わったのはこの頃ではないかと思う。『大乗本生心地観経』が発見された大正二年の頃には「霊仙山」の呼称が一般化していたと思われる。

さて、霊仙三蔵が米原霊仙山山麓の旧醒ヶ井村地域の出身の偉人であると、強く受け止められるようになったのは、昭和九年、高楠順次郎氏がおこなった「アジア民族の中心思想」という講演の中で「霊仙は江州の醒ヶ井の人だらうと思ふ。」と述べたことに始まる。氏はその根拠としてこの「霊仙山」の存在をあげている。そしてこの高楠氏の説（旧醒井村、現米原市の霊仙山山麓出身説）を広めるために熱意をもって努力を重ね、顕彰活動を展開したのが仏教画家、杉本哲郎氏である。

（2）杉本哲郎氏を中心とした取り組み

霊仙三蔵に関する本格的な顕彰活動は太平洋戦争が終わった直後に、杉本哲郎氏によって始められた。氏は昭和二〇年の八月、霊仙三蔵を滋賀県の偉人として、広く県民に知らせたいという強い願いを持ち、霊仙三蔵の偉業を明らかにし、「霊仙三蔵を憶ふ」という記事を「滋賀新聞」に掲載した。また、昭和二五年には、郷土の文化に造詣の深い滋賀県立産業文化館館長草野文男氏のすすめもあって、『滋賀縣民時報』三巻五号の付録として『霊仙三蔵』と題する小冊子を発刊した。その内容は氏が恩師と仰ぐ東大教授高楠順次郎博士の「霊仙三蔵は江州の醒ヶ井の人だろう」という言葉や、同じく恩師の京大教授松本文三郎博士の霊仙三蔵の業績を明らかにした学説を要約したものであるが、当時としては霊仙三蔵について一般向けに解りやすく記述されている。

その中で、杉本氏は霊仙山一帯が「山容峻嶺を重ね渓谷を深め樹木鬱蒼として」神秘性をおびており、霊仙三蔵はまさにこのような宗教的雰囲気の中で生い立ったのではないかとロマンに満ちた熱い思いで論述している。

さらに、同書の最後においては、霊仙山麓上丹生出身の彫刻家森大造氏が、霊仙山山麓一帯の「高い文化水準と強い政治力、そして隆盛を極めた宗教の力」など種々の理由をあげ、このような良い環境にはぐくまれて偉大な天才霊仙三蔵が育ったのだと力説した一文が掲載されている。

杉本哲郎、森大造、それに草野文男の三氏は、戦後間もない当時、新生文化日本発展のためには、霊仙三蔵の業績に学ぶところが多いとして、その顕彰活動を始められたのである。ただ、当時は戦後間もないこともあって、世間の注目を強く引くにはいたらなかった。

（3）石山寺における取り組み

霊仙三蔵が翻訳した『大乗本生心地観経』が大正二年に発見された石山寺では、昭和三八年に鷲尾光編座主が、著書『噫　霊仙三蔵』を発行し、その中で、霊仙三蔵は伝教大師もおよばぬ業績をあげ、世界の偉人伝に組み入れてもよい高僧であると高く評価して、石山寺境内に大顕彰碑を建てようと強く念願しておられた。昭和五五年四月にいたり、鷲尾隆輝座主によって念願の「噫　霊仙三蔵」と刻した顕彰碑が建立された。この事は当時の新聞等でも広く紹介され、霊仙三蔵の業績を一般に広める役割を果たした。

石山寺にある顕彰碑

昭和六一年、石山寺では中国五台山の霊仙三蔵終焉の地に顕彰碑建立の計画をたて、中国政府や現地仏教会との困難な交渉の末、昭和六二年、五台山の金閣寺に「日本国霊仙三蔵大師行迹碑」が建立された。碑の高さ二メートル、幅一メートル、表面の文字は中国佛教教会長の筆、裏面には「日中親善友好」の文字もみえる。その除幕式が、同年八月二九日に、日本からも多くの参加者が列席して挙行された。

(4) 米原町内における取り組み

旧米原町内において、町おこしにつなげたいとの思いから、霊仙三蔵に関心を寄せたのは米原町老人クラブの文化部や米原史談会であった。昭和五五年には関係者が、米原町枝折公民館に集まって座談会がもたれている。その中では霊仙三蔵に関わる地域の伝承や米原町立河南中学校玄関の森大造作霊仙三蔵の木彫像などが話題になっている。そして霊仙三蔵を郷土の偉人として関心を深め、その偉業をしのび、顕彰することが、地域の文化を培い、人づくり、町づくりにつながる等々の話が交わされた。そしてそ

森大造作「霊仙三蔵」木彫像

の内容が当時の広報「まいはら」（昭和五五年八月号　No.１３５）に特集記事「悲運の高僧霊仙三蔵を訪ねて」として掲載されている。その中で「霊仙三蔵は我がまち まいはら の人である」と大書されている。

これらの取り組みを受けて、昭和五六年五月二六日には米原町役場で、「町民シンポジウム　いま　なぜ霊仙三蔵か―まいはらの文化おこしとまちづくり―」が盛大に開催され、鷲尾隆輝・杉本哲郎・森大造の各氏の講演があった。引き続いて「まいはらの文化おこしとまちづくり」をテーマにしたシンポジウムが行われた。聴衆が会場の外にまで溢れるほどの盛会で、文化を基礎に置くまちづくりを中心にした真剣な討議が行われた。なお、このシンポジウムの状況は後日びわ湖放送の特別番組として放映されたこともあり、反響が大きかった。

米原市内における霊仙三蔵に対する関心は、このシンポジウムを契機に一段と高まっていった。

(5) 霊仙三蔵に関する諸活動の広がり

米原町外においてもこの頃から霊仙三蔵顕彰の取り組みが、盛んになっていった。先述の通り、昭和五七年には藪田藤太郎氏の小説『霊仙三蔵』が出版され、その文学的創作のフィクションを含めて、霊仙三蔵の一生が広く知られるようになった。また昭和六一年にはＮＨＫテレビで特集番組「三蔵法師になった日本人　中国・五台山を行く」が放映され、また『アサヒグラフ』に「霊仙三蔵法師の足跡を訪ねて」という特集記事も掲載された。翌年にはその取材状況を紹介したＮＨＫ取材班・鎌田茂雄編『仏教聖地・五台山―日本人霊仙三蔵の物語―』が刊行された。これらにより、霊仙三蔵が米原の霊仙山山麓出身者として全国的に知られるようになった。

一方、先述したように昭和六二年に石山寺によって五台山金閣寺に顕彰碑「日本国霊仙三蔵大師行迹碑」が建立され、平成八年には名古屋市の塚本博氏が五台山霊境寺に霊仙三蔵慰霊供養塔（「日中友好の先駆・日本人霊仙三蔵　この地に眠る」）を建立し、続いて平成一〇年には霊仙三蔵像を霊境寺に奉納している。また高槻市の五味利子氏は「望郷の念久しく遂にその夢を実現するすべもなく五台山の土となった」霊仙三蔵を慰霊するため

霊仙三蔵終焉の地、五台山霊境寺

に、平成一〇年、霊仙山頂の土を採取し、五台山霊境寺に埋め、霊境寺の土を持ち帰り霊仙山や松尾寺に埋め、標柱を設置するという慰霊行為をおこなっている。このように霊仙三蔵に魅せられた人々の五台山への関心が高まっていったのである。

3、「霊仙三蔵顕彰の会」設立と諸活動

(1)「霊仙三蔵顕彰の会」の発足

霊仙三蔵終焉の地五台山に関する関心の盛り上がりの中、望郷の念を抱きながら五台山で亡くなった霊仙三蔵の霊の環国を願う動きが起こってきた。霊仙三蔵が入唐したのは通説では延暦二三年(804)とされている。平成一六年(2004)はそれから千二百年に当たり、霊仙三蔵顕彰活動では記念すべき年である。この年を期して、霊仙三蔵の霊にその出生地とされる米原の霊仙山麓の地にお帰り願いたいと、その運動の中心になったのが、普門山松尾寺の住職近藤慈澄氏である。氏は霊仙三蔵環国の事業のまず手始めとして、吉田慈敬氏らの協力を得て霊仙三蔵の慰霊と環国の事前協議のため中国訪問を計画され、平成一一年に第一回が実施された。

さらに、霊仙三蔵の霊を迎えるには、それにふさわしい施設が必要と考え、霊仙三蔵記念堂の建設を計画され、そのための組織づくりが進められていた矢先、平成一一年一二月に近藤慈澄氏が急逝された。このため、岩嵜正一氏が中心となり、「霊仙三蔵奉賛会」の組織化が進められ、さらに霊仙三蔵の顕彰活動をより多くの人々の協力を得て一層発展させていくために種々検討が行われた結果、平成一二年七月に青山一藏氏を会長とする「霊仙三蔵 顕彰の会」が発足したのである。

(2) 霊仙三蔵記念堂の建設

松尾寺前住職近藤慈澄氏の霊仙三蔵顕彰活動にかける熱意に共感した岩嵜正一氏は帰郷の夢果たさず異国に果てた霊仙三蔵の霊をその出生地霊仙山麓の地に迎え、安住の場所を与えたいとの熱い思いから、私財を投じて霊仙三蔵記念堂の建設を決意された。

氏は中国での活躍の経験から、中国仏教寺院様式の建築にしたいと、中国で設計施工をすすめ、出来上がった建築資材を日本に輸送し、現在の松尾寺本

松尾寺境内に隣接する霊仙三蔵記念堂

堂の近くに、用地を整え、平成一五年より組み立て工事を始め、翌年三月に竣工した。

高さ約一メートルの石段の上に建ち、延べ床面積二二㎡で中国唐代の風格を有する八角形の建物で、内部中央には霊仙三蔵像が安置され、周囲壁面にはびっしりと五百羅漢像が安置、その他仏具等もそれぞれ配置され、荘厳な雰囲気を醸し出している。

毎年多くの来訪者があり、現在霊仙三蔵顕彰活動の本拠地となっている。

(3)「霊仙三蔵 顕彰の会」の活動

「霊仙三蔵 顕彰の会」では、地元に霊仙山が存在することから、霊仙三蔵はこの霊仙山麓付近の出身で郷土の偉人であるとの思いをもとに、誇りをもって、霊仙三蔵の偉業をたたえる活動を行う中で、地域に対する愛着を深め、ひいては町おこしの動きにもつながることを目指して、各種の事業を展開してきた。

発足時の会則には「霊仙三蔵の偉業をたたえることにより、往時の歴史や文化を学ぶ、日中友好の原点ともなり、町おこしの核となることを目的とする」と謳われている。

しかし、霊仙三蔵に関する信頼できる資・史料が少ないこともあり、これらの取り組みはその内容を見ると、ほとんどフィクションである小説類(藪田藤太郎著『霊仙三蔵』等)を基礎資料にしているといっても過言ではない。しかし地域のこのような運動は必ずしも、史実に厳格に立脚する必要はなく、地域に対する誇り、関心が高まり、それがまた町おこしにもつながるとすれば、それ自体、喜ばしいことだと言えるのではないか。

（4）霊仙三蔵の足跡を訪ねる中国訪問

霊仙三蔵顕彰活動の大きな活動として中国五台山訪問を挙げることが出来る。平成一一年の第一回中国訪問は霊仙三蔵慰霊法要や還国事業準備事前協議を目的として実施され、五台山仏教協会や山西省宗教局などとの交流会がもたれた。平成一二年の第二回は還国事業実現に向けて五台山仏教協会や山西省宗教局との交流を深め、霊境寺では植樹事業の準備も行われた。平成一三年の第三回は五台山仏教協会要人との交流会や山西省宗教局への表敬訪問に加えて、霊境寺では植樹記念法要や霊仙三蔵像の開眼法要が行われた。平成一五年の第四回から平成七年の第六回までは、五台山各寺院の参拝を中心に実施された。

平成一九年の第七回は、参加者も多く、北京における中国仏教界表敬訪問や、五台山金閣寺における霊仙三蔵像開眼法要、還国法要をメインとする浄土教の源流を訪ねる旅であった。

(5) 機関誌「霊仙三蔵たより」の発行

地域の方々に会の活動を広く知っていただき、理解、協力を得るために、機関誌「霊仙三蔵たより」を発行してきた。その時々の活動を紹介すると共に、参加への呼びかけも行った。平成一二年～平成二七年までの間に一〇号まで発行されている。

(6) 霊仙山山頂に看板設置

平成一三年、霊仙山山頂に「霊山寺と霊仙三蔵法師」と題する大きな看板を建立した。多くの登山者に読まれ、霊仙三蔵に関する認識を深めるのに役立った。

(7) イベントの開催

・講演会　有識者を講師に招いた会主催の講演会を始め、会関係者が小中学校・老人会などに出かけて行う講演など随時実施してきた。

・写真展　霊仙三蔵の足跡を訪ねての中国訪問時の写真の展示会や、霊仙三蔵に関わる写真のコンテストを開催。

・紙芝居　霊仙三蔵の生涯を描いた紙芝居を作成してもらい、小学校などで上演。

・ハイキング　ＪＲと連携して「ふれあいハイキング醒井渓谷と霊仙三蔵のゆかりを訪ねて」等のハイキング、ウオーキングを実施。

・植樹・巣箱作り　緑の少年団の小学生を招き、霊仙三蔵記念堂付近で、植樹を行ったり、巣箱を作り、付近の樹木に掛けたりした。

・写経　種々の行事の際、参加者に霊仙三蔵翻訳の『大乗本生心地観経』の一部、四恩に関する部分の写経をしてもらった。

(8) 出版物の発行

・マンガの発行・配布　漫画家すずき孔さんの手になる『マンガ霊仙三蔵』を篤志家が発刊費用を負担して平成二八年に発行、市内小中学生全員をはじめ、関係各機関に広く配布し、非常に喜ばれている。

・沿革誌の発刊　平成三〇年に霊仙三蔵顕彰の会の活動をまとめた『沿革誌　霊仙三蔵顕彰活動の歩み』を発刊した。

(9) 環境整備事業

霊仙三蔵記念堂付近で、中国伝来の黄冠ボタン、ギョイコウ桜、その他各種のモミジ、桜等の苗木を植樹し、付近一帯の環境整備を実施。今後、この自然豊かな環境を生かして、顕彰活動の一環として、青少年育成の事業を展開することも企画している。

(10) 事務局松尾寺

霊仙三蔵顕彰の会の基礎を作ったのは、普門山松尾寺の前住職、近藤慈澄氏である。氏は郷土の偉人霊仙三蔵顕彰のため、五台山を訪問し、また顕彰の為の拠点や組織を作ろうと熱意を込めて取り組んでいたが、思い半ばにして平成一一年に急逝した。そのあとを受け継ぎ、翌年青山一蔵氏を会長とする「霊仙三蔵 顕彰の会」が発足したが、その事務局を松尾寺が引き受け、新住職近藤澄人氏が事務局長をつとめることになった。

以後、今日に至るまで霊仙三蔵顕彰の諸活動の企画実施の中心になってきた事務局松尾寺の果たした役割は大きい。住職は今後、自然豊かな環境を生かして、霊仙三蔵顕彰活動の一環として、自然を大切にする青少年の育成、そして「心地観経」の説く四恩に基づく青少年育成の事業を展開していきたいと意気込んでいる。

4、霊仙山と松尾寺

(1) 霊仙山と霊山寺

霊仙山は米原市、旧醒ケ井村の南にそびえる鈴鹿山系北端の高山で、標高は１０８４メートル。山内に立派な滝もあり、古くより、近江（滋賀県）の名山の一つとされている。

『興福寺官務牒疏』によると、この山には霊山寺という寺があり、僧坊一八宇、僧侶等二九人の大規模寺院で、別院が七つあったと記されている。この書は最近の研究では、江戸時代に創作された偽書といわれ、他に信用できる文献や考古学的な発見も全然ないので、その内容はほとんど信を置けない。しかし七箇別院として名前が挙がっている寺のうちで、松尾寺だけは現存している。藪田藤太郎著の小説『霊仙三蔵』には、霊仙三蔵は少年の頃、霊山寺の僧宣教の使いとして松尾寺を訪れたなどと描かれている。

この小説によると、霊仙三蔵は霊仙山の北一帯を支配していた古代豪族息長丹生真人族の出身であり、父母が霊山寺の僧宣教の勧めで子が授かるように、山中の滝などで祈願した結果生まれたとされ、六歳で宣教に預けられ、一五歳で出家し、山の名にちなんで霊仙と名乗った事になっている。

(2) 松尾寺

『興福寺官務牒疏』に霊山寺の七箇別院の一つとして名の出てくる松尾寺は、米原の旧醒井村地域に残存する唯一の古代から続く寺院で、標高504メートルの松尾寺山山頂近くに存在していた。寺伝では天武天皇九年（680）に役小角（役行者）が松尾寺山に入り修行したのが寺の始まりで、神護慶雲三年（769）に僧宣教が建立した霊山寺の七箇別院の一つであるといわれている。この部分は『興福寺官務牒疏』の記述に依拠していると思われる。平安時代には伊吹山寺の創建にかかわった僧三修の弟子松尾童子がこの寺の復興に力を注いだと伝えられている。

その後は山岳寺院として繁栄を続け、重要文化財の石造九重塔を始め多く文化財を今日に伝えている。昭和五六年に、本堂が豪雪のために倒壊し、現在は平成二三年に松尾寺山の山麓に新築された新本堂に移っている。その境内近くには、現在は霊仙三蔵記念堂も存在する

松尾寺の本尊は空中から雲に乗って飛来したと言われ、「雲中飛行尊像」と称されている。このため空の旅の守り仏として、空を旅する人々や航空関係の参詣者が多く、全国的に見ても数少ない航空祈願の寺の一つである。

近年、長い宇宙飛行をして、宇宙創造の謎を解くサンプルを地球に持ち帰る小惑星探査が話題になっているが、松尾寺では小惑星探査機「リュウグウ」の無事帰還の祈願も行っている。

あとがき

　霊仙三蔵は、最澄や空海と比べると、世の中の認知度は非常に低い。遣唐留学僧として渡唐して大きな業績を上げながら、人々に忘れ去られていた。この事もあり、霊仙三蔵の生涯を明らかにする資・史料が極めて少ない。

　ところが、大正二年に、滋賀県の石山寺で、『大乗本生心地観経』の写本が発見され、霊仙三蔵が唐の憲宗皇帝のもとで、その翻訳に中心的役割を果たした事が明らかになって以来、当時の仏教学者らの研究が進み、それに伴い、霊仙三蔵の評価が高まり、我が国唯一の三蔵法師、屈指の名僧として、世に高く評価されるようになった。

　しかしその生涯全体を見てみると謎の部分がまだまだ多い。乏しい史料ながら、今後さらに研究が進み、また、この度の水野清氏の力作『霊仙三蔵　ウータンシャンに死す』の発刊を契機として、世の霊仙三蔵への関心が更に高まり、米原市や滋賀県だけではなく、全国各地で霊仙三蔵に関する顕彰活動が盛り上がることを願っている。そして将来、各地から関係者が集まり「霊仙三蔵サミット」のようなイベントが開催されるようになることを夢見ている。

以上は、霊仙三蔵顕彰の会の発足時からの会員である江竜喜之が、霊仙三蔵に関する諸文献を調べてきて得た私見をまとめたものである。

〔著者略歴〕
水野　清（東京都在住。）
1931年（昭和六年）東京生。
立教大学文学部英米文学科卒業見込み。
日本映画テレビプロデューサー協会、功労会員。
劇場用劇映画制作、ＮＨＫ・民放各社で海外ロケのドキュメンタリー番組制作。
e-mail：mizuno@live.jp

霊仙三蔵　ウータンシャンに死す
二〇二〇年十二月十〇日　初版第一刷発行
著　者　水野　清
装　丁　深江千香子
企画協力　霊仙三蔵顕彰の会
天台宗　普門山　松尾寺
表紙絵　洋画家　松井茂樹
付　記　江竜　喜之
発行者　宮島正洋
発行所　株式会社アートデイズ
〒160－0007　東京都新宿区荒木町13－5
四谷テアールビル２Ｆ
電　話　（〇三）三三五三－二二九八
ＦＡＸ　（〇三）三三五三－五八八七
http://www.artdays.co.jp
印刷所　モリモト印刷株式会社
乱丁・落丁本はお取替えいたします。

CD版 **全6巻**

鈴木大拙 講演選集

禅者のことば

大拙が肉声で語った仏教のすべて

「世界の禅者」鈴木大拙が生涯をかけて論究した禅思想から浄土思想までを、広い視野と深い体験に基づいて語り尽くす!!
90歳近くまで欧米で活動を続けてきた大拙が最晩年の6年間（1960年~66年）に日本で行った講演を集めた貴重な声の記録。

このCD版「講演選集」に収められた講演を聞いて、私はあらためて深く感動し、動かされた。大拙の日本での講演は貴重であり、ことに人間の真実を忘れがちな私たち現在の日本人にとって大きな意義を持つ。 ＜解説・上田閑照（京都大学名誉教授）＞

収録内容
- 第一巻 東洋の母なる思想
- 第二巻 禅の考え方 ―頌寿記念講演
- 第三巻 念仏とは何か
- 第四巻 キリスト教と仏教
- 第五巻 妙好人
- 第六巻 対談＝鈴木大拙・金子大栄「浄土信仰をめぐって」

◆CD6枚（分売不可）・52頁解説書（解説:上田閑照／寺島実郎／古田紹欽）
◆特製ブックケース入り ◆協力:（財）松ヶ岡文庫 ◆発行:アートデイズ ◆価格 15,000円＋税

●書店または直接小社へお申し込み下さい

アートデイズ 〒160-0007 東京都新宿区荒木町13-5 四谷テアールビル TEL 03(3353)2298 FAX 03(3353)5887 info@artdays.co.jp http://www.artdays.co.jp